AF451345

PESCIROSSI
GIANFRANCO SORGE
È SOLO NELLA TUA MENTE ED È È REALE

L'ebook è molto di +
Seguici su facebook, twitter, ebook extra

© 2015 goWare, Firenze

ISBN 978-88-6797-399-6

Copertina: Lorenzo Puliti
Redazione: Giacomo Fontani

goWare è una startup fiorentina specializzata in digital publishing

Fateci avere i vostri commenti a: info@goware-apps.it
Blogger e giornalisti possono richiedere una copia saggio a Maria Ranieri:
mari@goware-apps.com

*A Laura, senza il cui deciso incoraggiamento
questi racconti sarebbero rimasti
seppelliti in un cassetto.*

*Con infinito affetto,
lo zio*

La bestia

1.

Antonio camminava all'ombra dei palazzi per ripararsi dalla calura del sole di agosto. D'improvviso la sua attenzione venne catturata da un'edicola. Scorreva con gli occhi le testate dei quotidiani quando decise di acquistare *L'Hora de Madrid* sperando di scovare fra gli annunci economici qualche lavoretto conveniente.

Rientrato a casa, mise in funzione il ventilatore e intanto che le sue pale rugginose frullavano l'aria, lui passava in rassegna le inserzioni senza trovare nulla di interessante. Poi, acceso un sigaro, andò a procurarsi una limonata dal frigo e riprese a leggere svogliatamente. D'un tratto i suoi occhi vennero calamitati da un piccolo annuncio, che il suo favore sembrava avere evidenziato in neretto: *Cercasi giovane coraggioso per domare bestia feroce. Preferiti iscritti a una scuola di tauromachia. Paga adeguata. No perditempo. Tel. 0034 917 275.*

Lui sì che se ne intendeva di bestie feroci. Fin da bambino sognava di fare il matador, e da qualche tempo aveva anche iniziato a frequentare un corso. Voleva diventare famoso e ricco, desiderava elevarsi socialmente, ma scarseggiava di denaro per continuare gli studi. Un lavoro, anche precario, gli avrebbe forse consentito di realizzare il suo sogno.

Guardò le pareti scrostate di casa sua cosparse di macchie scurastre, fantasmi sbiaditi di scarafaggi schiacciati dalle suole delle pantofole, e quello squallore sembrava riverberarsi nella sua esistenza. Da quando era morta la madre, Antonio viveva da solo in quelle due stanze buie e disadorne le cui mura rilasciavano un mefitico odore di muffa che attraverso l'olfatto gli schizzava su nel cervello. Ma i suoi occhi, con la rapidità di un fulmine, si erano ora accesi della luce vivificatrice della speranza.

Pensò che quella fosse la sua giornata fortunata. Sì, quell'occupazione non poteva lasciarsela sfuggire. Le sue dita composero in fretta il numero di telefono, mentre verificava l'impostazione della sua voce divenuta greve grazie al fumo di sigaro che gli si era depositato dapprima sulle corde vocali e poi fin dentro i bronchi e i polmoni, regalandogli il rauco e catarroso timbro vissuto di un *hombre valiente*.

«Sono Antonio Rodriguez» si presentò, «telefono per l'annuncio sull'*Hora de Madrid*.»

«Benissimo, sì...» assentiva dall'altro capo del filo la voce mite di un uomo giovane. «Se lei è d'accordo, potremmo incontrarci per definire meglio i dettagli. Ma è sicuro di avere tutti i requisiti?»

«Certo, ho vent'anni, frequento una scuola di tauromachia e le bestie feroci non mi spaventano.»

«Bene.»

«Ma di quale animale si tratta? Mi può anticipare qualcosa sulla paga?» chiese Antonio incuriosito.

«Al tempo, al tempo, mio giovane amico. Vediamoci oggi stesso, nel tardo pomeriggio, alle diciannove, così potrò soddisfare tutte le sue domande» e dopo avergli dato l'indirizzo, l'uomo chiuse la telefonata con un saluto amichevole.

Antonio era al contempo euforico e incuriosito. Saltò il pranzo, concentrandosi su quale fosse la strategia migliore da adottare in quell'incontro che avrebbe potuto incidere sul suo futuro.

Alle diciotto e trenta, prima di uscire da casa, si specchiò per qualche istante controllando che tutto fosse a posto. Il gel gli ricopriva i capelli neri conferendogli uno sguardo fiero; la peluria dei baffi, che aveva evitato di radere, connotava di coraggio il suo sorriso; il nero brillante delle sue iridi orlate di viola denotava risolutezza; l'atteggiamento volitivo e sicuro del corpo incuteva rispetto; l'abbigliamento scelto ne esaltava poi la forza e la virilità. Soddisfatto, Antonio pensò di portare con sé – desiderava fare buona figura – il costume che utilizzava a scuola per le esercitazioni con i tori, comprese la *muleta* e le *banderillas*.

Alle diciannove in punto giunse all'indirizzo comunicatogli. Un elegante condominio, ornato all'eccesso da marmi pregiati com'è caratteristica del gusto spagnolo, lo intimidì per qualche istante con la sua atmosfera sfarzosa facendolo sentire inadeguato. Ma, dopo avere inspirato una grossa boccata d'aria, trovò il coraggio di entrare e una volta in ascensore si liberò, man mano che saliva su per i piani, del suo imbarazzo e dei suoi complessi.

Sulla targa affissa alla porta lesse: *Dott. Miguel Martinez. Medico veterinario. Specialista in animali esotici.*

Venne ad aprirgli una giovane donna dai modi raffinati e l'accento catalano.

«Desidera?» gli chiese perplessa vedendo che non aveva con sé un animale da far visitare.

«Sono Antonio Rodriguez, ho un appuntamento» rispose lui stendendo la mano per salutarla.

«Paula» si presentò lei stringendogli la mano, per poi aggiungere: «Oh certo, l'avevo dimenticato». Gli fece quindi cenno di seguirla e invitandolo ad accomodarsi in salotto gli disse: «Attenda qualche istante, il dottor Martinez sarà subito da lei».

Poco dopo la sentì congedarsi dall'uomo attraverso baci schioccanti e frasi sussurrate; entrò in un leggero stato di tensione.

Miguel Martinez irruppe nella stanza e lo salutò cordialmente. Antonio lo osservava con attenzione. Era gracile di corporatura e sui trent'anni; non più alto di un metro e settanta, aveva capelli e occhi castani e un'aria bonaria e rassicurante.

Dopo una breve presentazione Martinez venne subito al dunque: «Le dicevo al telefono che ho bisogno dell'aiuto di un giovane coraggioso per domare, tenere sotto controllo, una bestia feroce». Quindi si passò la mano destra sulle labbra squadrandolo per bene. Antonio gli parve un ragazzo travestito da uomo. Ma quando lo sentì raccontare della sua aspirazione a diventare matador e lo vide sventolare la *muleta*, nel momento in cui osservò i suoi occhi che si assottigliavano in uno sguardo crudele d'implacabile fierezza, capì che quello era il suo uomo.

«Quant'è la paga?» chiese irrequieto Antonio.

«Trentamila pesetas per trenta o quarantacinque minuti la settimana, il venerdì pomeriggio alle diciannove, sempre che lei riesca a dominare la bestia, a renderla docile e sottomessa come uno zerbino.»

«Certo, su questo non ci sono dubbi. Addomesticherò la sua fiera, diventerà così come lei richiede, uno zerbino, la sua *alfombrilla*. Ma ora me la faccia vedere. Vedrà come saprò intimorirla solo con il mio sguardo.»

Quella sicurezza piacque a Miguel, fugando le sue ultime perplessità.

«Mi segua» disse seccamente.

La superba opulenza della casa del medico confondeva Antonio. Lo seguì riempiendo il silenzio venutosi a creare con fantasie pennellate di speranza. Restò stupito quando Martinez lo fece entrare in una stanza semivuota con una brandina per cani sul pavimento e gli disse: «La bestia la troverà qui, ogni venerdì alle diciannove. Sarà già preparata, legata a una catena e lasciata a digiuno dalla sera del giorno precedente per essere più sensibile e ricettiva al suo addestramento. Non dovrà mai avere tentennamenti o lasciarsi impietosire da lei; su questo non transigo. Sarà ricoperta da un lenzuolo nero che non dovrà mai toglierle da dosso, pena il licenziamento. Io non ci sarò, ma una telecamera» e gliela indicò in un angolo del soffitto, «riprenderà il suo lavoro che poi visionerò con calma in un secondo tempo. Sul tavolino troverà puntualmente le trentamila pesetas che le spettano...». E tirata fuori dalla tasca una chiave, gliela porse dicendogli: «Questa le servirà a entrare e uscire liberamente dal mio studio. Ultimo avvertimento, ma non per questo meno importante, non dovrà assolutamente fare cenno ad alcuno di questo nostro accordo, intesi?». E vedendo il ragazzo perplesso incalzò: «Mi dia la parola d'onore che manterrà il segreto!».

Pur non capendone le motivazioni, Antonio gliela diede e dopo qualche istante gli chiese: «Ma se non so di che bestia si tratta, come dovrò sottometterla? Quali strumenti dovrò usare? La frusta? Le *banderillas*? Pugni e calci?»

«Questo è affar tuo, tutto è ammesso. L'importante è che non ti lasci intimidire o commuovere da lei. Il fine giustifica i mezzi» gli disse dandogli del tu a ridefinire i ruoli del datore di lavoro e del dipendente.

Senza perdersi d'animo, lasciandosi scivolare addosso quella piccola umiliazione per non aver ricevuto la risposta che si aspettava, Antonio continuò a chiedere: «E se la bestia, che non posso vedere per calibrare l'imposizione della mia volontà e l'educazione da darle, dovesse morire?»

«Sarà peggio per te. Perderai il posto, un posto sicuro che per mezz'ora la settimana ti garantirà un ottimo guadagno. Comunque non ti dovrai preoccupare più di tanto. È solo una lurida e immonda bestia. Se dovesse cessare di esistere sotto i tuoi colpi, rifiutando quella disciplina che tu le dovrai insegnare, non sarà una perdita per nessuno.»

Antonio rimaneva in silenzio. Miguel, accennando un sorriso, gli chiese ritornando a dargli del lei, quasi temendo un suo ripensamento: «E allora? Accetta? Possiamo stipulare con una stretta di mano il nostro contratto? Le ricordo che lei non è il primo ad avermi contattato ma finora nessuno mi ha dato delle ottime referenze come le sue. Ormai dipende solo da lei avere questo posto.»

«Sì, accetto tutte le sue condizioni» disse Antonio e gli strinse la mano con vigore. «Ci penserò io alla sua bestia, rimarrà soddisfatto del mio lavoro.»

2.

Antonio andò via avvolto da un'aura di irrealtà, gli sembrava di vivere un sogno dal quale temeva si sarebbe svegliato al più presto. Solo quando arrivò nella sua squallida abitazione si rassicurò che tutto fosse reale; forse i suoi problemi economici si sarebbero risolti. Accese un lumino votivo davanti alla foto della madre defunta, ringraziandola per averlo aiutato dall'aldilà a trovare quel lavoro che, come un abito su misura, sembrava cucito apposta per lui.

Il primo venerdì, il giovane si sentiva estremamente inquieto. La notte aveva fatto sogni angoscianti in cui veniva divorato dalle fauci spalancate di fiere terrifiche e mostruose, ma poi, ripensando all'ambiente pulito in cui avrebbe incontrato la bestia quella sera, si tranquillizzò.

"Non sarà più grossa di un toro se entra in quella stanza, quindi non c'è nulla da temere..." ripeteva a se stesso per darsi coraggio.

Camicia a scacchi azzurri e bianchi, blu jeans stretti in vita da un cinturone nero, stivali neri, frusta nella borsa, *benderillas* avvoltolate in fogli di un quotidiano, era pronto.

Giunse in anticipo ma si soffermò in strada aspettando che arrivasse l'orario concordato.

Aprì la porta dello studio non senza esitazione e un pizzico d'ansia, proprio le stesse emozioni che provava ogni qual volta il maestro gli faceva fare pratica con i tori. Si diresse verso la stanza della bestia; le persiane erano state chiuse per bene, una luce artificiale dall'intensità discreta illuminava l'ambiente e là, al centro del pavimento, finalmente la vide. Un lenzuolo nero ne confondeva le forme del corpo.

"Potrebbe essere un cane di una razza feroce? Una pecora pazza? E se fosse una lince, un puma? Oppure un ibrido nato da un incrocio fra animali esotici? No, non credo...". Pensieri caotici si affastellavano nella sua mente. D'un tratto la bestia ebbe uno strano sussulto. Il lenzuolo si scosse per poi sollevarsi come se l'animale si stesse ergendo sulle zampe posteriori, pronto a sferrare un attacco. Antonio percepì una sensazione di pericolo ma non si perse d'animo. Tolta la frusta dalla borsa, la fece sciabolare nell'aria e iniziò a colpire. La bestia si retrasse acquattandosi sotto il lenzuolo nero, che iniziò ad animarsi di strani movimenti, dapprima lievi e poi sempre più frenetici. Mugolanti stridori disarticolati, come mai ne aveva uditi prima di allora, si diffondevano nella stanza man mano che lui portava avanti il suo lavoro di frusta. Sembravano grida soffocate di una creatura primitiva. E, nonostante lui non avesse alcuna difficoltà a eseguire quel compito, si sentiva pervadere da una leggera angoscia, come se qualcosa di ancestrale riaffiorasse dalle profondità della sua coscienza. Poi però non ci fece più caso. La bestia dopo avere scalciato a lungo sotto i suoi colpi, si accasciò lentamente sul pavimento. Un ultimo piccolo calcio per controllare che fosse ben viva e rivolto alla telecamera fece un inchino.

«Dottor Martinez, spero che quest'*alfombrilla* possa essere di suo gradimento» recitò mentre poggiava il piede destro sulla bestia che se ne stava ferma emettendo ancora qualche gemito di dolore. Afferrò le sue trentamila pesetas e andò via soddisfatto.

"È stato molto più semplice di quanto immaginassi..." pensava percorrendo in autobus il tragitto che l'avrebbe riportato a casa.

3.

Le settimane scorrevano in fretta. Antonio stava iniziando a conoscere bene la bestia e quasi le si stava affezionando. Il venerdì prima di Natale trovò oltre la paga settimanale un premio di centomila pesetas accompagnato da un biglietto in cui Martinez gli aveva lasciato scritto: *Grato e riconoscente per quanto stai facendo per me, porgo i miei migliori auguri. Miguel Martinez.*

Fu quella la prima volta in cui, prima di andare via, sentì il bisogno di accarezzare la bestia. Lei smise subito di lamentarsi, accogliendo le carezze che trapassavano sotto il lenzuolo.

Ma più passava il tempo più aumentava la curiosità per questa creatura. Voleva vederla, trovare il modo per eludere il divieto di Miguel senza perdere il lavoro. Peraltro era convinto di averla completamente in pugno. Sì, talora aveva iniziato più a recitare che non a colpirla per davvero: non ce n'era alcun bisogno.

La settimana successiva dimenticò addirittura la borsa con gli strumenti e s'inventò uno strano rodeo. Montò addosso alla bestia che, dominata con ginocchiate e qualche manata ben assestata, dopo qualche sussulto se ne restò immobile sotto il suo peso. Fu allora che realizzò...

"Sarà certamente uno scimpanzé di qualche specie protetta che Martinez tiene a casa, non curante dei divieti della legge. Ecco perché non vuole che io la veda ed ecco il perché di quei versi inquietanti al limite dell'umano che più volte mi hanno impressionato..." rimuginava Antonio andandosene via.

La volta seguente trovò un avvertimento a grandi lettere su un cartone bianco affisso sulla parete: *Mi sembra che ti stai rammollendo. Sei diventato meno incisivo e di questo la bestia se ne sta approfittando. Bada bene a quello che fai, non ci sarà un secondo avvertimento.*

Il giovane, vedendo minacciata la sua fonte di guadagno, s'irritò moltissimo. Quella sarebbe stata una prestazione memorabile. La bestia urlava impotente, straziata dal dolore, ma questo non lo arrestava, anzi sembrava infervorarlo più che mai, facendogli sprigionare la parte di sé più primitiva e feroce. Voleva dare una dimostrazione della sua forza, dominarla con la sua arte, soggiogarla con i suoi strumenti, vincerla con la sua astuzia fino ad annientarla del tutto. Dopo un susseguirsi di frustate e calci pensò bene di usare le *banderillas* più piccole, quelle che utilizzavano i bambini alla scuola di tauromachia per le esercitazioni su un toro artificiale. Aveva individuato i lombi in quell'ammasso di carne ripiegata su se stessa. Sì, quello era il punto perfetto in cui inserire le loro punte acuminate. Quando Martinez avrebbe visto il filmato sarebbe rimasto senza parole... e poi la nobile arte della tauromachia prevede la morte dell'animale. Ovviamente lui mai sarebbe voluto giungere a tanto, pena la perdita di quella piccola miniera di denaro. Mentre si metteva in posa, scrutando la telecamera, Antonio ebbe un attimo d'incertezza, gli sembrò di udire come un pianto. Immaginare quella scimmia in lacrime lo arrestò per qualche istante dai suoi propositi, ma poi con fierezza si alzò in punta di piedi, accennando un'elegante curva con il corpo e, deciso, le infilò in contemporanea, da entrambi i lati, le *banderillas*, che ricaddero giù lacerandole i tessuti tormentosamente.

La bestia stramazzò al suolo dopo aver emesso flebili versi disarticolati mentre Antonio, compiaciuto, ringraziava davanti alla telecamera. Prese i suoi soldi ma... vide fuoriuscire da sotto il lenzuolo, maculatosi di un liquido rossastro, un denso rivolo di sangue scuro. Ebbe paura che la bestia fosse morta. Questa idea lo addolorò molto, lui l'amava quella bestia. Lo capì in quell'istante, mai avrebbe voluto ucciderla. Le diede delle piccole scosse con i piedi per destarla ma lei rimaneva immobile. Non poteva andarsene via con quel dubbio atroce. Dopo aver tolto le *banderillas* la spinse nell'angolo della stanza sotto la telecamera. Pensava che l'obiettivo non sarebbe riuscito ad arrivare con il suo occhio perverso in quel canto. Martinez non avrebbe mai sospettato che lui l'aveva vista e soccorsa.

Angosciato la scoprì dal lenzuolo nero e...

Sotto se ne stava Miguel Martinez tutto raggomitolato, la schiena variegata da una ragnatela di cicatrici tortuose e allungate, retaggio delle frustate ricevute, lividi diffusi su tutto il corpo che viravano dal viola al blu fino al giallastro, pallore cadaverico, occhi sbarrati e bocca ben serrata da più strati di adesivo marrone.

Ora Antonio comprendeva il perché di quei suoni soffocati e inquietanti che non riuscivano a uscire, bloccati da quel filtro appiccicoso che li imprigionava deformandoli.

Il giovane non riusciva a credere ai suoi occhi, non poteva essere vero che l'*alfombrilla* su cui posava trionfalmente il piede al termine di ogni prestazione fosse il corpo del dottor Martinez, il suo datore di lavoro, il suo benefattore.

Immediatamente si chinò su di lui, tolse quella maschera che gli copriva la bocca, gli tastò il polso – batteva flebilmente –, andò in bagno, prese dell'acqua e ritornò in un baleno sciacquandogli il viso. Pian piano lo rianimò, gli asciugò il sangue, lo disinfettò e poi sorreggendolo lo accompagnò nella stanza accanto. Lo fece sedere in poltrona, ancora avvolto in quel macabro lenzuolo nero, e gli portò da bere.

Quando vide che aveva ripreso un po' di colorito gli chiese a bruciapelo, mentre una molteplicità di sensazioni – stupore, irritazione, timore, rabbia, pietà – si miscelavano dentro di lui: «Dunque eri tu stesso la bestia?» sbottò, e nel ribaltamento dei ruoli prese a dargli del tu.

«Sì, mio giovane amico, lei mi ha smascherato» rispose sottovoce Miguel.

«Perché? Perché? Me lo devi dire subito, ne ho tutto il diritto!» domandò Antonio, il cui tono di voce non ammetteva repliche.

«Perché temevo di perdere il controllo lasciando agire la bestia lurida e immonda che è in me. Se fosse riuscita a prendere il sopravvento, il rapporto con Paula, la mia fidanzata, la donna che amo più della stessa mia vita, sarebbe stato irrimediabilmente compromesso...»

Antonio sembrava confuso. Perplesso, continuò a chiedergli: «Spiegati meglio, ancora non capisco. Tu mi hai imbrogliato.»

«È vero e mi scuso per questo. Mio caro amico e *hombre valiente*, io ho un estremo bisogno di lei per mortificare il mostro che c'è in me: i miei istinti feroci, irrazionali e bestiali. Sono atterrito dall'idea di abbandonarmi ai miei impulsi indecenti realizzando le fantasie perturbanti che colorano i miei rapporti sessuali con Paula. Per questo ho bisogno dei suoi servigi, per essere frenato, per punire quella lurida bestia, per umiliarla fino ad annullarla. È l'unico modo per evitare che le mie pulsioni primitive perforino lo schermo del mio immaginario orrido, tracimando nella realtà. Ora lo capisce?»

«No!». E intanto un turbinio di pensieri si accalcavano nella mente del ragazzo, quasi fosse sprofondato a recitare una sceneggiatura di cui aveva smarrito il copione e le cui regole gli sfuggivano.

Da un lato provava imbarazzo, pena per Miguel, dall'altro però era irritato con lui per la manipolazione a cui l'aveva sottoposto. La stessa irritazione che provava da bambino quando un cugino più grande lo costringeva a fare giochi che a lui non andavano. Ma poi crescendo le cose erano mutate, o piuttosto lui era cambiato. Eppure questo ricordo era la chiave che gli permetteva di dare un senso a ciò che era accaduto. Gli sembrò che in quello studio si fosse svolto uno strano e imbarazzante gioco infantile.

«Tu non hai bisogno di me, puoi benissimo controllare i tuoi istinti. Tutti abbiamo degli impulsi bestiali che reprimiamo. È normale, fa parte del nostro essere uomini. In tutti noi c'è un mostro che teniamo a bada.»

«Io non riesco a tenerlo a freno, per questo ho bisogno del suo aiuto» lo implorò Miguel piagnucolando.

«Tu sei in grado di controllarlo come tutti. Ho deciso, non verrò più qui, da te, il nostro contratto si risolve in questo istante.»

Raccontò allora a Miguel quell'episodio della sua infanzia, come a indicargli una strada. Quindi lo fissò dritto negli occhi e andò via, mentre Miguel gli ripeteva: «Mio caro amico... le raddoppierò la paga, la prego non mi abbandoni, lei mi è indispensabile, le darò tutto quello che vorrà...»

«Smettila di fare il bambino! È arrivata l'ora di crescere» gli urlò Antonio prima di tirarsi dietro la porta.

Anna

Me ne innamorai subito, fin dalla prima volta in cui lo vidi. Lucido nel suo marrone vellutato, striato da sottilissime venature nerastre, brillava, turgido e rilevato, su quella bianca pianura cutanea che caratterizzava orograficamente con la sua autoritaria presenza. Furbo, occhieggiava di tanto in tanto dalla scollatura seducente della sua maglietta arancione, facendosi ammirare per quella sua artistica collocazione.

Sì, fu quel grazioso neo ovalare, che risaltava sull'incarnato diafano del suo petto, la prima cosa che mi affascinò di Anna. Lo rinotai subito, quando la rividi la seconda volta. Impertinente si affacciava fra le traforature romboidali di un top nero, come un pesciolino che guizza gioioso nella rete di un pescatore eccessivamente ampia per intrappolarlo al suo interno. Sì, sì, fu quel neo impudente e ammaliante che mi spinse a trovare il tempo fra un'udienza e l'altra per corteggiarla.

Anna arrossì quando, dopo averle dato il primo bacio, le raccontai di quel suo neo e della mia voglia di vederlo, di toccarlo, forse anche di baciarglielo. Lei non me lo concesse. Ma lo feci io di prepotenza quando sei mesi dopo le chiesi di sposarmi e lei accettò.

Il nostro gioco d'amore prevedeva delle pungenti, sarcastiche battute che io le lanciavo su quel suo neo rigonfio e cicciuto, tant'è che lei scelse un abito da sposa che lo tenesse ben nascosto. Certo, a lei non piaceva, soleva dire con la saccenza tipica delle insegnanti di lettere: «M'imbruttisce terribilmente il petto e poi proprio là, sulla clavicola sinistra, rovina tutti i miei décolleté».

E io divertendomi ad assecondarla in questa sua preoccupazione sottolineavo: «Ne hai di ragioni per lamentarti di quel brutto scarabeo...».

Lui entrava spesso nei nostri discorsi, sia in quelli piacevoli sia in quelli tempestosi e conflittuali. Ancora dopo un anno di matrimonio c'era sempre lui a unirci o a interporsi fra noi. L'ago della bilancia della nostra relazione. Anche al lavoro, durante processi impegnativi, pensare a lui mi dava la carica necessaria da sfoggiare nel ruolo di pubblico ministero intransigente.

Un noioso congresso mi separò da Anna per una settimana. Quando rientrai, lei sorridendomi mi disse: «Questa sera ti farò una sorpresa».

I suoi giochi allusivi erano come spezie pregiate d'oriente che insaporivano il nostro rapporto. Dopo aver ascoltato le sue parole, avevo polarizzato il mio pensiero nel cercare di scoprire cosa mi volesse riservare, non riuscendo a riposare quel pomeriggio, nonostante fossi stanchissimo e comodamente disteso a letto.

Lo scoprii di sera, quando, iniziando le mie effusioni, non riuscivo a trovarlo e lei trionfante, come il generale di un'armata che ha sbaragliato l'esercito nemico, mi disse: «Ora non potrai più farti gioco di me! Un dermatologo mi ha aiutata a liberarmi definitivamente di quell'orrendo scarafaggio nero che deturpava il mio seno».

Rimasi paralizzato, avvolto da un malessere che mi cristallizzava il pensiero. Non riuscii a dire nulla. Accennai solo al fatto che ero molto stanco e mi staccai subito da lei.

La sentii addormentarsi dopo pochi minuti, sul suo petto c'era, al posto di quel grazioso neo, solo un piccolo alone.

Mi sembrò artificiale. Anche il suo respiro appariva diverso, aspro, con una coloritura metallica. Certamente non poteva appartenere alla mia Anna. E fu in quel momento che intuii che un doppio, sì, un pericoloso doppio si era sostituito alla mia sposa.

D'un tratto tutto mi divenne chiaro. Nel processo al boss Calogero Luisi, ero riuscito a farlo condannare smantellando la rete dei suoi traffici illegali. Alla lettura della sentenza, lui mi aveva lanciato un'occhiata raggelante, una chiara intimidazione alla quale non avevo dato peso. Sbagliavo. Ma certo, il suo clan malavitoso si era vendicato, privandomi della cosa più importante della mia vita.

Quella che giaceva nel letto accanto a me non era Anna, non riuscivo a riconoscerne l'odore, non mi sembrava neanche umana. Ma sì, certo, era un sofisticato androide pieno di microfoni spia con i quali i miei nemici mi avrebbero controllato.

Mi alzai in silenzio. Ero atterrito, non riuscivo a mettere a fuoco il da farsi.

Sì, quella minaccia di Calogero Luisi era diventata una realtà. Lui aveva trovato il modo di annientarmi ma io non glielo avrei consentito.

Corsi in cucina, dal cassetto delle posate trassi fuori un coltellaccio per la carne. Certo non gli avrei permesso di rovinarmi. Quel doppio inumano l'avrei massacrato.

Piangevo pensando alla mia Anna, la vera Anna, quella che era stata eliminata e sostituita. Un odio intenso mi accecava. Con passi felpati rientrai nella stanza da letto, non volevo che i sensori di quel doppio avvertissero la mia presenza.

Mi avvicinai piano al letto. L'automa che mi avrebbe dovuto annientare sarebbe stato distrutto da me. Ero orgoglioso di aver smascherato quell'inganno.

"Caspita come è stato realizzato bene, se non fosse per il neo sembrerebbe davvero Anna", dicevo fra me e me, mentre mi avvicinavo a lei pronto a colpirla mortalmente.

A un tratto mi sentii toccare da una mano invisibile, mi bloccava, e udii una voce...

«Svegliati, svegliati Marco.»

Mi destai. Era la voce di Anna che mi riportava alla realtà dall'incubo in cui ero scivolato in quel sonno pomeridiano.

Lui era là, sul suo petto. Mi rigirai nel letto e mi riaddormentai sereno.

Buio metropolitano

Scivolava fra le mie mani fredda, metallica, nera eccitandomi all'ennesima potenza. La accomodai sul torace e... rimasi a pensare, immobile e provvisorio come una statua di ghiaccio all'insorgere della primavera artica. Non so quanto tempo trascorse quando dalle fessure dell'avvolgibile cominciarono a filtrare i primi, fastidiosi bagliori dell'alba, liberandomi da quella improbabile catatonia. La luce m'infastidiva, da sempre avevo invidiato i lapponi per il loro inverno oscuro e glaciale, mi allontanai da quel pensiero e presi a rivoltarmi nel letto, ma era come se le lenzuola fossero imbrattate di colla. Come un topo finito sulla carta topicida, a ogni movimento m'invischiavo sempre di più nel dubbio, ma ormai era tardi per i ripensamenti.

Il tempo aveva come perduto la sua dimensione, rallentava fino ad arrestarsi del tutto paralizzandomi nell'angoscia del presente; lo spazio, di contro, sembrava dilatarsi all'infinito mentre il mio corpo lo percepivo contrarsi, rimpicciolirsi; la cute si tendeva sotto la pressione delle viscere come la pellicola di un palloncino gonfiato d'acqua pronto a esplodere. Lo immaginavo distendersi e sbiadirsi, d'un tratto mi parve di udirne lo scoppio, di vederne schizzare i frammenti nella stanza liberando finalmente il suo contenuto compresso.

Quell'immagine mi riempì di fiducia e mi spinse a staccarmi dal letto. Mi vestii accuratamente, nella maniera più adatta. Evitai d'indossare il giubbotto di pelle che forse avrebbe potuto costituire un inopportuno schermo, preferendo una giacca di morbida lana. Di certo avrei trovato qualcuno che mi avrebbe aiutato ad attuare il mio piano. La barba no, era meglio lasciarla trascurata, adeguata al mio stato d'animo. Lei era rimasta sul letto, ancora tiepida del mio corpo, ancora umida dei miei umori, la intascai e uscii di corsa.

In garage guardai indeciso l'auto ma poi montai sulla moto, scartando il casco integrale e indossando l'altro che mi lasciava il viso libero.

Una pattuglia della polizia stradale o un posto di blocco dei carabinieri di certo avrebbero risolto il mio problema, liberandomi definitivamente dal groviglio che m'attanagliava, e intanto che riflettevo sul da farsi diedi gas alla moto.

Percorsi la circonvallazione e man mano che mi approssimavo ai tratti dove sapevo stazionare le forze dell'ordine, il mio cuore accelerava i battiti come mi accadeva quando uscivo per la prima volta con una ragazza.

Appena prima del semaforo vidi i raggi azzurri e sincopati del lampeggiatore di una macchina della polizia e a breve distanza, subito dopo il semaforo, ne scorsi un'altra. Mi avvicinavo speranzoso. Fermarmi subito o no? Decisi che era meglio proseguire, nonostante un poliziotto m'avesse invitato, sventagliando la sua paletta, ad accostarmi a destra. Era più sicuro, non potevo giocarmi quella possibilità che mi si offriva.

Accelerai. M'intimarono di fermarmi. Non lo feci, superai il semaforo rosso. Il cuore martellava in gola, nel cervello, nelle mani, dappertutto. Due uomini della pattuglia che sostava dopo l'incrocio balzarono in auto e presero a inseguirmi. Ovviamente rallentai permettendogli di sbarrarmi la strada. Da solo non ce l'avrei mai fatta, lo sapevo, avevo provato più volte inutilmente.

Mi ordinarono di scendere dalla moto. Con le mani alzate. Scesi ma estrassi dalla giacca la mia piccola amica. Tutto come avevo previsto. Un primo colpo mi centrò il polmone di destra: un punteruolo che si approfondiva nella carne squassandola, ansimavo mentre i miei alveoli polmonari esplodevano uno dopo l'altro asfissiandomi lentamente. Il secondo mi centrò un ginocchio. Caddi a terra ma prima ebbi la prontezza di far partire il mio colpo: era a salve, mai avrei potuto danneggiare i miei benefattori, eppure quella pistola giocattolo sembrava proprio vera. Mi colpirono al viso, alle braccia... una gragnola benefica. Un colpo mi esplose nel petto, dritto al cuore, e... Finalmente il buio.

Triciclopi

1.

Quel pomeriggio estivo della metà degli anni Ottanta, Agata se ne stava sul suo balconcino settecentesco dalle ringhiere panciute, corrose dalla ruggine, ammirando il pittoresco chiostro sottostante. Il cono d'ombra proiettato dai frontoni barocchi che coronavano la parte alta della facciata la riparava dalla calura.

D'un tratto percepì una voce che la chiamava dal basso, quasi emergendo dalla pavimentazione di basalti lavici a cui nodosi alberelli di limoni e di mandarini, posti in una piccola aiuola, contendevano lo spazio protendendosi con i loro rami allungati.

«Aitina! Aitina!» urlava da sotto Carmela, una casigliana sua amica, mentre tirava su il vecchio secchio di zinco dalla cisterna sormontata da un arco in ferro battuto tutto ghirigori e cirri, che troneggiava al centro del cortile.

«Mela, Mela, che c'è? Dimmìllu, dimmìllu.»

«Vogghiu mustrariti na cosa» e detto questo entrò a casa.

Lo sguardo di Agata si posò quindi sulle erbacce rese floride dall'inevitabile spandimento dell'acqua quando veniva svuotato il secchio. Come intrepidi colonizzatori di un nuovo mondo, s'insinuavano negli anfratti fra le basole e, nella spasmodica ricerca di altro terreno, ne aggredivano i margini sbriciolandoli pian piano con le loro radici robuste. Pensò che la domenica mattina sarebbe scesa giù e le avrebbe estirpate.

Nel frattempo Carmela era uscita di nuovo e, sventolando un elegante paio di scarpe scollate di lucertola, le diceva: «Talia, talia ch'è finicchiu stu paru 'i scarpi ca s'accattau me figghia!»

«Matruzza che su bedde!» esclamò incantata Agata, mentre la vicina aggiungeva: «So maritu però 'a vanniau, ci fici na lavata di testa gridandu comu un sarbaggiu.»

«E picchì?»

«Picchì ci custarono l'occhiu da testa...»

Restarono a parlare per una buona mezz'ora, mentre le ombre divenivano sempre più lunghe acuendo le scrostature e i danni della facciata di quell'antico palazzo patrizio, provocati dal degrado e dall'incuria che, come metastasi cancerose, avevano colpito le architetture fatiscenti di quell'antico quartiere del centro storico di Catania.

Rientrata a casa, mentre preparava la cena Agata pensava ai lavori domestici che avrebbe dovuto svolgere l'indomani a casa della signora Elisa. Di tanto in tanto, però, le tornavano in mente quelle splendide scarpe. Ne avrebbe voluto un paio uguale, tanto che fantasticava di comperarle con i soldi della tredicesima.

Di notte si svegliò di soprassalto e prese a cercarlo, ma non lo trovò, mentre un'inquietudine subdola iniziava ad attraversarle il corpo per poi trasformarsi in un attacco di panico che durò una decina di minuti. Dopodiché tentò di riaddormentarsi, ma quel pensiero assillante non le concedeva tregua.

"Com'è che non me ne sono mai accorta?" rifletteva angustiata mentre si rigirava fra le lenzuola, scompigliandosi ossessivamente i capelli per scovarlo, e alla fine le sembrò di aver individuato quel misterioso terzo occhio. Si alzò di scatto, passò più di un'ora di fronte allo specchio scarmigliandoseli sempre più in fretta finché, stremata, poco prima dell'alba ritornò a letto e scivolò in un sonno leggero. Al risveglio si sentiva serena, forse era stato solo un incubo.

Come sempre, appena giunta a casa della signora Elisa le preparò la colazione, poi andò a rassettare la stanza da letto. Nel riporre i vestiti nello spogliatoio, adiacente la camera, si accorse che la scarpiera era aperta. Richiuse lo sportello ma un'ansia insostenibile la pervase di nuovo vedendo un paio di scarpe di coccodrillo della signora. Uno smarrimento profondo s'insinuava negli strati più arcaici della sua mente, scompaginandola nell'intimo. Iniziò a urlare.

Accorse Elisa e, vedendola in preda al terrore, le chiese: «Cos'è successo? Dimmi!».

Agata, dapprima titubante, rispose in un improbabile italiano per adeguarsi alla signora Elisa che, originaria della provincia di Mantova, non capiva tutte le parole colorite del dialetto catanese che lei di tanto in tanto intercalava.

«Signora, non sapevo che avevamo un occhio sulla testa» e intanto si strofinava le dita nodose sul cuoio capelluto.

«Non riesco a capire. Spiegati meglio!»

«Signuruzza, Mela, la mia vicina, ieri pomeriggio mi ha fatto vedere un paru di scarpe che si aveva comprate sua figlia Assunta, sa chidda ca lavora 'ntra 'a banca?»

«Sì, mi ricordo che tempo fa me ne avevi parlato. E allora?»

«Erano un paio di scarpe cu taccu autu, di serpente, e per comprarle...» s'interruppe rabbrividendo, assalita da un tremore violento.

«Calmati Agatina, sennò non capisco niente.»

«Signora, p'accattarsele spinniu l'occhiu da testa» ed esitava.

«Quindi?»

«M'arrusbigghiai stanotte e mi ho resa conto di non sapere che avevamo un occhio sulla testa. Io credevo che avevamo solo due occhi sulla faccia. E invece ne abbiamo un altro. Ecco perché 'u maritu di Assunta si era arrabbiato tanto... Picchì 'a so mugghiera per un paru 'i scarpi s'avia vinnutu l'occhiu da testa...»

«Ma cosa vai dicendo? Quello è solo un modo di dire, di occhi ne abbiamo due.»

«No, no, signora. Questa notte io l'ho sentito, l'ho toccato con le dita, ma quando ho aperto i capelli per vederlo di fronte allo specchio, iddu si scantau e s'ammucciau.»

«Ma che sciocchina! Forse sei solo un po' esaurita. Come può un occhio spaventarsi e nascondersi? Vieni, vieni, ti do delle goccine che mi ha prescritto il dottor De Giorgi per il mio esaurimento. Faranno bene anche a te.»

2.

«Costantino, oggi Agatina mi ha raccontato una strana storia...» riferiva quella sera Elisa, già a letto, al marito. Lui però la bloccò con le sue effusioni. Lei si lasciava avvolgere dai suoi abbracci ma, quando lui iniziò a baciarle i seni, scorse, fra i capelli radi che gli ricoprivano la testa, un grande occhio cigliato che affiorava dalla cute e la scrutava in maniera inquietante.

«Aaah! Allora è vero, è vero! È come diceva Agatina!» urlò lei.

«Amore, che hai? Perché tremi?»

«L'ho visto, l'ho visto! Ce l'hai anche tu!»

«Cosa?»

«L'occhio, l'occhio della testa!»

«Ma di che occhio vai parlando?»

Elisa finì di narrargli quanto era accaduto alla domestica e concluse: «Quindi, Assunta, la figlia della vicina di Agata, per quelle scarpe di coccodrillo, o lucertola, o di non so quale diavolo di rettile, ha rinunciato all'occhio della testa.

Quando me lo raccontava, Agata era molto spaventata, io l'ho confortata, ho persino sorriso ma devo riconoscere di avere sbagliato. Poco fa ho visto che ce l'hai anche tu; si affacciava fra i capelli e mi osservava».

Con calma il marito le spiegò: «Forse quella storia ti ha impressionata e ti è sembrato di vederlo realmente. Ma io credo che tu l'abbia visto con gli occhi dell'immaginazione. Siete così affiatate tu e Agata che ti avrà suggestionata.»

«No, no, l'ho visto per davvero. Andiamo allo specchio che te lo faccio vedere.»

Di fronte alla grande specchiera della toletta in noce ereditata dalla nonna, Costantino, dopo che lei ebbe frugato invano fra i suoi capelli tanto da graffiarlo con le unghie laccate di azzurro metallescente, le fece notare: «Hai visto che non c'è nessun occhio sulla mia testa? È come ti dico io.»

«No, lui si è internalizzato per non farsi vedere. Si è nascosto sotto la pelle». Poi con espressione sospettosa aggiunse: «Certo, è così! È con quell'occhio che mi leggi nel pensiero e mi rubi le idee, i sogni, le fantasie facendomi poi passare per una pazza schizofrenica».

Senza scomporsi lui l'abbracciò sussurrandole con dolcezza: «Tesoro, ti vedo molto spaventata. Forse è perché non hai preso il Serenase che ti aveva prescritto il dottor De Giorgi? Visto che stai soffrendo tanto, cosa ne pensi se domani lo chiamiamo per fissare un appuntamento?»

«Non credo di averne bisogno». Poi riacquistando lucidità aggiunse: «Beh, forse hai ragione, un po' scossa lo sono per davvero. Telefonagli, telefonagli pure».

3.

«Agatina, Agatina, avevi ragione tu. L'ho visto questa notte sulla testa di mio marito; poi, quando ho gridato, lui è rientrato sotto la pelle. È tremendo! Neanche io ero a conoscenza dell'esistenza di questo terzo occhio» esordì Elisa non appena la vide il giorno seguente.

«Signora, signora e io, venendo qua da lei, stamattina, ne vitti quattro: tre sulla testa di masculi vecchi e uno su chidda della commessa della salumeria, 'dda fimminazza buttana che non mi saluta mai quando m'incontra fuori della bottega.»

«Smettila di parlare in modo volgare, lo sai che non lo tollero. Piuttosto vienimi a cercare l'occhio.»

Accomodata in poltrona, il capo reclinato in avanti, Elisa se ne stava in religioso silenzio mentre Agata le dipanava con attenzione i capelli per rintracciarlo, come scimmia esperta che spulci con sapienza una compagna.

«Signora non c'è, non lo trovo.»

«Forse si sarà internalizzato.»

«Matruzza, matruzza bedda!» esclamò sconvolta Agata.

«Agatella, vieni a sederti che ora te lo cerco io.»

Dopo aver indossato dei guanti di lattice perché si schifava dei suoi capelli grassi, Elisa si mise a cercarlo con pazienza certosina, ma dopo poco più di un quarto d'ora spazientita affermò: «Niente da fare, si sarà internalizzato anche il tuo».

Agata iniziò a piangere e disperata ripeteva: «Picchì? Picchì propriu a mmia?»

«Agatina non fare così! E poi perché piangi?»

«Perché devo andare all'inferno?» e continuava a lagnarsi più che mai.

«Ma che c'entra l'inferno?»

«Signora, lei ha detto che l'occhio si è *infernalizzato*... Io non voglio finire all'inferno, nun fici nulla di male, vado sempre in chiesa» s'interruppe e riprese a piangere singhiozzando.

Iniziando a ridere Elisa le spiegò: «Non hai capito niente. Io ho detto che i nostri occhi si sono *internalizzati*, e non *infernalizzati*. Significa che sono rientrati dentro la scatola cranica. Hai capito testolina d'asina che non sei altro?»

«Sì, sì, signuruzza, ma lei parla quell'italiano difficile del continente che io nun capisciu» rispose tranquillizzandosi, mentre Elisa le porgeva un fazzoletto di carta per asciugarsi occhi e naso.

4.

La mattina del giorno seguente, quando Agata arrivò, Elisa era già pronta per uscire e, senza neanche darle il tempo di prendere un caffè, le disse: «Dobbiamo andare subito dalla modista a comprare dei cappelli. Ho capito tutto!»

«Cosa? Cosa, signuruzza?»

«Ora non te lo posso dire, non c'è tempo da perdere! Le spiegazioni a più tardi, quando saremo rientrate.»

In strada camminavano a braccetto quasi sorreggendosi l'una con l'altra, stringendosi la mano ogni qualvolta scorgevano uno di quegli occhioni che affiorava minaccioso sulla testa dei passanti.

Fecero incetta di cappelli; Elisa ne comprò cinque per sé e ne regalò tre ad Agata. Indossatone uno, si recarono al supermercato. Elisa bisbigliava all'orecchio di Agata: «Vedrai, nessuno si accorgerà che noi non siamo dei triciclòpi».

Sembrava distesa e così sicura di quello che diceva che anche Agata, pur non capendo nulla, si rianimò. Fecero la spesa e, una volta rincasate, Elisa le disse con tono solenne: «Agatuccia, ora mettiti comoda che ti devo raccontare tutto.»

«Sì, sì, signora. E allora?»

«Ieri pomeriggio, mio marito mi ha portata dal dottor De Giorgi per fare una visita di controllo, e mentre lui scriveva la ricetta...» e si soffermò per qualche istante con un'espressione compiaciuta stampata sul volto e gli occhi che le brillavano per la soddisfazione.

Agata a bocca aperta si lasciò scappare: «Eh?».

Vedendo il suo sguardo stupito e da pesce lesso, Elisa riprese a dire con foga: «Mentre lui scriveva la ricetta, ho visto un piccolo luccichio sul suo capo: era la pupilla dell'occhio della testa! L'ho intuito subito! E in quel momento è come se si fosse aperto un varco nella mia mente e ho capito tutto.»

«Cosa? Cosa, signuruzza bedda?»

«Ora ti spiego. Tu ci sei stata ad Acitrezza, no?»

«Cettu, cettu, più volte, picchì?»

«Hai visto quegli scogli che chiamano "i Ciclopi"?»

«Sì signora, i taliu ogni volta che ci vaiu.»

«Sono i massi che lanciò in mare Polifemo, un ciclope, contro la nave di Ulisse, che lo aveva accecato infiggendogli un tronco di ulivo incandescente sul suo unico occhio, dopo averlo fatto ubriacare. I ciclopi, infatti, erano dei mostri, dei giganti con un solo occhio, figli di un dio greco che si chiamava Posidone. Polifemo viveva in questa zona e prima di morire avrà ingravidato numerose donne dando origine alla stirpe dei triciclòpi. I triciclòpi hanno tre occhi, due sulla faccia e uno sulla testa, nascosto, per evitare che venga distrutto come accadde al loro avo Polifemo. Loro si sono confusi con gli umani, si accoppiano con loro, e si diffondono in maniera subdola finché tutto il globo terrestre non gli apparterrà. Vogliono diventare i dominatori del mondo. In questa zona sono quasi tutti dei triciclòpi. Anche mio marito e il dottor De Giorgi lo sono. Hai visto che la signora Lucrezia invece non ha l'occhio sulla testa?»

«Sì, sì, cettu, non gliel'ho visto.»

«E sai perché?»

«No, no, signuruzza, picchì? Io sono analfabeta, non ho le sue scole.»

«Come perché? E me lo domandi? Perché lei è marchigiana, non è catanese.»

«E io, io, signora, cosa sono? Lei che ha fatto l'università me lo dica. Sugnu anch'io 'na *criceròpe*?»

«Si dice *triciclòpe*. Mah... Solo la madre di tuo padre era catanese... Io non so se tu sia una triciclòpe o meno. Dobbiamo scoprirlo.»

«Sì, sì, signora, m'aiutasse lei» la supplicava Agata mentre aggrovigliava le dita delle mani e il corpo le si scuoteva come in preda alle convulsioni.

«Per prima cosa ti devo rasare i capelli sul vertice della testa per vedere se lui esce fuori.»

«Signuruzza, ma poi tutta spinnata comu nesciu fora?»

«Sta' tranquilla, nessuno si accorgerà di questo taglio radicale, il cappello lo nasconderà. Del resto sarebbe molto rischioso rimanere con il capo scoperto fuori di qui o alla presenza di altre persone, anche di mio marito. I triciclòpi con quell'occhio sulla testa controllano il pensiero degli altri e, se intuiscono che noi abbiamo scoperto il loro segreto, vorranno distruggerci. Se invece si tiene in testa un cappello, loro non possono leggerti dentro. Questa barriera è sufficiente a bloccare la loro invasione telepatica. A te è mai capitato di sentire nella tua testa i miei pensieri? Di vedere dentro la mia mente?»

«No, no, mai.»

«Questo dovrebbe escludere che tu sia una triciclòpe, ma non ne sono ancora sicura del tutto». E dopo qualche istante di silenzio, pensierosa aggiunse: «Ecco perché dopo che mi sono sposata e mio marito è voluto tornare in Sicilia ho iniziato a stare male. Pensa, mi dicevano che avevo le allucinazioni, invece erano loro, i triciclòpi, che s'impossessavano della mia mente liquefacendo le mie idee. Ma ora non ci casco più. Uhm... ma allora mio marito era d'accordo con De Giorgi... Sì, mi volevano stordire imbottendomi di psicofarmaci. Ma io sono più furba di loro: sai cosa sto facendo?»

«Cosa? Cosa, signora?»

«Sto facendo finta di prendere le pastiglie, ma le butto nel water, così se mio marito va a controllare il blister e conta le compresse mancanti pensa che io le stia assumendo per davvero. Ieri sera, già a letto, per convincerlo del tutto gli ho chiesto di portarmi un bicchiere d'acqua e le pillole di Serenase. Quando lui me le ha date, io ho finto di ingerirne una, ho bevuto una sorsata d'acqua e gli ho chiesto di riportare il bicchiere in cucina. Ma l'avevo nascosta sotto la lingua e, quando lui era di là, l'ho infilata nel cassetto del comodino. Lui non sospetta nulla, non sa che io ho scoperto tutto». Soddisfatta, Elisa concluse così la sua spiegazione.

«Aviti 'na gran spirtizzia, signora, siti 'na fimmina troppo *intelliggentissima* assai.»

«Ti ringrazio Agatuccia, anche mia madre mi dice sempre che sono furba come una volpe, ma non ci sarei mai arrivata se non mi avessi aiutata tu. Anzi, per dimostrarti la mia gratitudine, voglio regalarti le mie scarpe di coccodrillo, quelle che ti sono sempre piaciute tanto. Ma ora vieni che ti devo scoprire le parte della testa dove i triciclòpi hanno l'occhio, dobbiamo verificare se anche tu ce l'hai o no.»

«Grazie, grazie signora, sugnu stata ppi davveru furtunata a lavorare qui da lei.»

Dopo averle praticato quella strana tonsura, Elisa le tastò per bene la testa e la rassicurò: «Indossando un cappello non si vedrà nulla. Devo dirti, però, che hai un piccolo lipoma. Credo che quando quella notte ti sei svegliata e l'hai toccato forse ti sei confusa palpando questa escrescenza sebacea» e gliela fece sentire sotto le dita.

«E cu è? Cu è 'stu *pipoma*, signora? Nautru mostru?» le chiese impaurita.

«No, no, il *li-po-ma* è solo una piccola cisti di grasso, niente di preoccupante.»

5.

A Costantino non erano sfuggiti i tanti segnali del malessere che andava acuendosi nella moglie, al punto da temere una brutta ricaduta che avrebbe potuto comportare la necessità di un altro ricovero. Un'esperienza penosa che a tutti i costi voleva risparmiarle. Sapeva che Elisa quando iniziava a stare male diventava diffidente e sospettosa nei suoi confronti e questo complicava il tutto. I primi giorni aveva sperato che fosse solo un malessere passeggero collegato a quel racconto della domestica ma, trascorsa una settimana, visto che la situazione andava peggiorando di giorno in giorno, pensò che fosse giunto il momento di affrontare la situazione per porre un argine prima che fosse troppo tardi. Quella mattina, prima di andare in tribunale, con tatto e delicatezza disse a Elisa: «Amore, ti vedo strana, come se ci fosse qualcosa che ti angoscia.»

«E quale sarebbe questa stranezza?» ribatté lei aggressiva.

«Beh, già solo il fatto che porti sempre il cappello, anche di notte, non ti sembra una cosa bizzarra? Poi ti sento fredda, molto distante e ne sono dispiaciuto. Cosa c'è che non va?»

«Nulla, non c'è nulla che non vada, e per quanto riguarda i cappelli, sono tornati di moda. E poi soffro di nevralgia e di cefalea e avere la testa coperta mi aiuta a prevenire i dolori. Ti dà tanto fastidio questa cosa?»

«No, assolutamente no, ma visto che hai questi disturbi, non credi che sarebbe giusto fare delle indagini? Potrei parlarne con il dottor De Giorgi. Potrebbe farti un'altra visita di controllo o se tu lo vuoi potrebbe ricoverarti per qualche giorno, giusto il tempo di provare una nuova terapia, fare gli accertamenti necessari e tornare a casa.»

«No, no e poi no. Io lo so che tu mi vuoi fare recludere in quella clinica psichiatrica per sbarazzarti di me. Ma bada bene a quello che fai... Potresti pentirtene amaramente.»

Non appena arrivò, Agata evitò di togliere il cappello, anzi lo calcò ancora di più sulla testa quasi fosse un elmetto che l'avrebbe protetta dai colpi della guerra che era esplosa nella sua esistenza, quindi si precipitò nella camera di Elisa e la vide che passeggiava pensierosa con indosso solo un cappello a falda larga messo di traverso.

«Signuruzza che succidiu? Mi pare troppo preoccupata. Vidiu qualche autru mostru?». E vedendo che non rispondeva aggiunse: «Vado a preparare un bel caffè così mi racconta tutto».

Pochi minuti dopo, quando fece rientro, la trovò a terra seduta sul tappeto, nuda, che s'infilava, pensierosa, le dita delle mani in mezzo a quelle dei piedi, borbottando sottovoce parole incomprensibili.

«Signora, signora, perché si scafunia i piedi?»

«Perché sono nervosa. Sto pensando a cosa fare.»

Dopo alcuni istanti, sempre più angustiata e smarrita, Elisa prese la tazzina che le porgeva Agata e, dopo aver mandato giù il caffè, le confidò: «Mi vuole fare ricoverare, mi vuole fare ricoverare, il triciclòpe di mio marito mi vuole fare rinchiudere. Mi devi aiutare, sennò distruggeranno anche te come stanno facendo con me.»

«Cettu, cettu, signuruzza, cosa devo fare?»

«Vai subito a fare la spesa e poi ci barricheremo a casa; questa è la nostra ultima possibilità di salvezza. Dobbiamo resistere all'assedio dei triciclòpi, credo ci abbiano scoperte. Siamo in grande pericolo.»

Agata rientrò dopo poco più di mezz'ora e sistemò per bene le provviste. Quando, all'ora di pranzo, Costantino cercò di entrare, trovò la porta di casa chiusa da dentro. Prese a bussare, infuriato, e alla fine, stanco, lo sentirono urlare minaccioso: «Se non aprite subito chiamo le forze dell'ordine e vi faccio ricoverare, tutt'e due!».

Quattro ore dopo il citofono suonava gagliardo. Elisa si decise a rispondere. Era De Giorgi, la invitava ad aprire la porta di casa per discutere con lui, ma lei replicò con un secco rifiuto. Dopo un'altra ora sentirono bussare alla porta con violenza.

«Signora, apra! Altrimenti saremo costretti ad abbattere la porta. Non ha nulla da temere, siamo della polizia municipale, siamo qui per aiutarla.»

Atterrite, se ne stavano in silenzio mentre quelli forzavano la porta.

«Agatina, Agatina, che facciamo?» le chiese sconfortata Elisa.

«Nnu sacciu, nnu sacciu, signora» rispose piagnucolando, mentre sistemava dell'ovatta dentro la punta delle scarpe di coccodrillo che le aveva regalato Elisa, dato che le stavano larghette.

«Buttiamoci, buttiamoci dal balcone, così non ci avranno.»

«Ma iu mi scantu!»

«Non ti spaventare, devi fare tutto quello che faccio io, o preferisci finire fra le mani dei triciclòpi?»

«No, no, prima ca mi scippano l'occhi con un ferro rovente.»

«E allora mi seguirai?»

«Sì, faccio tutto quello che vuole lei.»

Uscite sul balcone, videro però che dal camion dei pompieri stava salendo minacciosamente una scala fino al loro piano, mentre dalle teste di quegli uomini affioravano rilucenti quegli occhi sinistri. Si sentirono perdute.

«Nascondiamoci, nascondiamoci!» esclamò Elisa.

Corsero in casa e si chiusero a chiave nello spogliatoio che non aveva finestra. Abbracciate, se ne stavano al buio...

Un rumore tremendo fece intendere loro che la porta d'ingresso era stata smantellata. Un vocio sempre più forte e distinto giungeva alle loro orecchie finché un uomo le inchiodò nel loro terrore esclamando a voce alta: «Questa porta è chiusa, devono essere qui dentro.»

«Agata, difendiamoci con le grucce, quelle di legno che sono più resistenti!»

«Sì, sì, signora, come dice lei.»

Accucciate in un cantuccio, tremanti, impugnando quelle strane armi, così le trovarono quando anche quella seconda porta venne buttata giù ed entrarono rumoreggiando vigili, poliziotti, infermieri.

«Buttani, buttani! Via, via! *Tricocìpi* non mi avrete mai...» urlava Agatina stando attenta a non lasciarsi sfuggire dai piedi le eleganti scarpe di coccodrillo. E mentre veniva staccata da Elisa e trascinata in ambulanza, atterrita, vedeva tanti occhiacci luccicanti che la scrutavano sopraelevandosi dalle teste di quegli uomini.

Elisa, invece, per proteggersi dall'ineluttabilità degli eventi iniziò a chiudersi in se stessa ammutolendosi. Le ultime parole che udì prima di isolarsi completamente furono quelle del dottor De Giorgi che, rivolto a suo marito Costantino, diceva: «Purtroppo non c'erano alternative al ricovero coatto; si tratta di un caso di *folie à deux*, disturbo psicotico condiviso. È bene, per evitare brutte ricadute, che sua moglie non stia più insieme a questa donna...» e intanto che parlava dai suoi capelli fece capolino un grande occhio brillante che ammiccò sorridendo.

Come una moneta

Il canto dei confratelli mi richiamò alla realtà tirandomi fuori dall'antro oscuro dei miei pensieri. Il sole filtrava dalle vetrate colorate arabescando di rosso e di azzurro la navata centrale della chiesa. Il profumo d'incenso dominava con la sua vigoria gli altri odori, conquistando le mie vie olfattive, mentre la soavità del canto gregoriano, intonato con solennità dai frati, nutriva benignamente il mio udito restituendomi una quiete che anelavo da tempo.

Il monastero di Assisi che mi accoglieva sembrava riverberare un mondo remoto, acquietato e amichevole. Da più di due mesi avevo qui iniziato quel percorso spirituale che speravo mi avrebbe liberato in maniera definitiva da un'inquietante, ossessiva presenza che mi assillava da tempo, credo fin dall'infanzia.

A dieci anni ero stato preso da una strana smania di divertimento. Una mattina non ero riuscito a resistere alla tentazione di giocare a biliardino e per questo motivo avevo marinato la scuola con due compagni. E mentre vincevo una partita dopo l'altra mi pareva di scorgere di tanto in tanto, sul piano inclinato del flipper, accanto ai bersagli da colpire con la pallina, la sagoma appena abbozzata di un volto, non più grande di una moneta da cento lire, che mi lanciava dei sorrisi d'incoraggiamento incitandomi a continuare. E io continuai. Marinai la scuola più volte nei giorni a seguire finché il maestro informò i miei genitori delle assenze ingiustificate. Tentai di mentire spudoratamente ma fu peggio. Come punizione mio padre m'impedì di uscire a giocare con gli altri bambini per due mesi. Quando, durante la confessione, in lacrime confidai al prete ciò che avevo fatto, lui mi ammonì: «È stato il diavolo a indurti in tentazione e tu non sei stato in grado di resistergli...». Dopo aver recitato le preghiere di penitenza mi sentii sollevato. La responsabilità era stata principalmente del diavolo e maturai la decisione che nei momenti di smarrimento avrei cercato il sostegno dell'angelo custode proprio come mi aveva suggerito il confessore.

L'inizio della santa messa mi distrasse da quei ricordi. Al suo termine mi si avvicinò fra' Gaudenzio. Salutandomi mi disse: «Caspita, Omobono, con quella barba che ti sei fatto crescere somigli sempre più a san Francesco».

A capo basso, per mortificare la piccola vanità affiorata ascoltando le sue parole, tornavo contento al lavoro che mi era stato assegnato da fra' Porfirio: spazzare il grande piazzale antistante il convento, i lunghi viali di accesso, le ampie scalinate esterne e tutto l'interno della chiesa; dopo aver preparato il pranzo e la cena dovevo pulire il refettorio, la cucina e i gabinetti.

L'umile, diuturno lavoro affidatomi dal premuroso fra' Porfirio era un antidoto ai veleni della mente. L'impegno fisico a cui sottostavo per ore annullava il pallido ricordo dei miei studi filosofici. Le mie mani, ora irrobustite e onorate, avevano perduto la diafana levità del pianista ambizioso; i piedi inturgiditi e rugati straripavano orgogliosi dalle guigge dei sandali.

«L'ozio è il vero inferno» soleva dire fra' Porfirio. E con la sua caritatevole sollecitudine provvedeva perché io non cadessi nel dolce far nulla. Per tale motivo mi aveva consigliato di rifuggire dai ritrovati della moderna tecnologia che il boom economico aveva diffuso nelle case degli italiani. Lui era il mio angelo custode in carne e ossa, sempre pronto a offrirmi il suo appoggio, sempre disponibile a trasmettermi la sua saldezza per resistere alle tentazioni.

Lavoravo e pregavo, cercando di sconfiggere il maligno mentre la scopa svolazzava con le sue mannelle usurate sul terreno scabroso.

Rientrato in chiesa mi accolse una deliziosa frescura. Ripassai con cura il marmo bianco del pavimento fino a renderlo splendente come uno specchio. D'un tratto vidi riflessa l'immagine del mio volto. Timoroso e inquieto la scrutavo con attenzione, ma di Lui non c'era alcuna traccia. Tirai un sospiro di sollievo, potevo dormire sonni felici.

L'indomani era domenica e c'era un gran fermento in convento perché ci avrebbe fatto visita monsignor Casali, il vescovo di Perugia. Fra' Gaudenzio mi aveva dispensato dalle faccende della mattina per consentirmi di suonare l'organo durante la funzione domenicale, nonostante il buon fra' Porfirio fosse contrario temendo che ciò avrebbe rappresentato per me una pericolosa lusinga.

Quando le dita iniziarono a sfiorare le tastiere e i piedi la pedaliera dell'organo riaffiorò il passato con tutto ciò che di bello e di brutto custodiva in sé. Per un attimo mi tornò in mente la maledetta notte dell'incidente quando, al termine di un concerto esaltante, per festeggiare il successo avevo alzato il gomito e nel tragitto di ritorno a casa, dopo un sorpasso azzardato, avevo perso il controllo della mia Fiat 1100 finendo contro un muro. Io me l'ero cavata, ma la mia ragazza era morta sul colpo. Le mie dita esitarono per alcuni istanti ma trovai la forza di allontanare quel ricordo e ripresi a suonare ritrovando l'abilità di un tempo, quasi non avessi mai smesso. I complimenti del Monsignore per l'esecuzione dei brani fecero affiorare la mia ambizione risvegliando il mio narcisismo solo in parte eclissato, ma non ci trovai nulla di male anche perché il mio angelo custode mi aveva rivolto un bonario sguardo di approvazione. Dopo pranzo svolsi con la solita cura le incombenze pomeridiane, ma ero felice perché da tempo non provavo quel senso di pacificazione interiore. Felice al punto da credere di essermi affrancato da quella subdola presenza.

Quella sera, già a letto, la guancia destra poggiata sul cuscino, recitavo sereno l'ultima preghiera quando, d'improvviso, sentii affiorare una pulsazione inquietante a destra della mia bocca. Il respiro divenne gravoso come se una trave lacerasse con prepotenza le mie pleure, impedendo ai polmoni di espandersi.

Corsi allo specchio e con raccapriccio vidi un ammasso di peli rossastri che si muoveva ondeggiando, distinguendosi nettamente dal castano della rimanente barba. Era come se un velo gelido di metano liquido mi avvolgesse, isolandomi dalla realtà, mentre una voce distorta proveniente dall'interno della mia guancia m'indirizzava, terrorizzandomi, gli epiteti più osceni e gli insulti più sanguinosi. Concludeva berciando: «Credevi che così facilmente ti saresti potuto liberare di me? Ahahah! Ahahah!» ghignava assordandomi e intanto una corrente elettrica attraversava il mio corpo, impedendo di muovermi. Invadeva poi le piante dei miei piedi ustionandole, prima di scaricarsi a terra.

Non mi ero liberato di Lui. Era ritornato, nonostante la mia mortificazione, nonostante le mie preghiere.

«Gesù, Gesù aiutami» ripetevo concitato mentre con mano tremante iniziavo a radermi per vedere se Lui fosse lì sotto. La lama del rasoio sciava veloce spazzando via la lanugine rabbuffata sparsa sulla mia cute, che ora affiorava pallida. Quand'ebbi finito, mi guardai fisso allo specchio.

Il mio cuore iniziò a perdere colpi mentre sul tessuto glabro vedevo disegnarsi sempre più nitido quel volto satanico. Non più grande di una moneta da cinquecento lire, saettava terrificanti minacce con gli occhi iniettati di sangue e la sua bocca si torceva in una smorfia beffarda. Sì, era là, era sempre là, sovrapposto al mio viso. Maledizione, non era servito a nulla farmi crescere la barba per annientarlo!

Presi dei cerotti e mascherai alla svelta quel volto, poi lo ricoprii con strati di nastro adesivo marrone, quello per imballare i pacchi. Speravo che così sarebbe morto soffocato e io avrei riacquistato la mia serenità.

Me ne andai a letto a pregare. Stentavo però ad addormentarmi.

A notte fonda, un caldo intenso mi spinge a uscire per prendere una boccata d'aria fresca. Mentre scendo i gradini dell'ampia scala che dal monastero porta al viale di accesso, avverto dei passi dietro di me. Nell'oscurità mi sembra di scorgere il bagliore dei suoi sordidi occhi. Inizio a correre quand'ecco che qui, attorno al collo, mi sento fasciare da una sorta di cravatta bavosa da cui mi libero a fatica. Ora riesco a incrociare i suoi sguardi, ma non ho il tempo di comprendere bene cosa stia succedendo che nuovamente la sua chilometrica, viscida e bifida lingua mi avvolge a spirale. Apro la bocca per invocare il mio santo Francesco, quand'ecco che fuori dai miei denti si protende una lunghissima lingua nerboruta. Inizia a duellare con quella di lui in un combattimento furioso, all'ultimo sangue. Il rumore di quelle carni che si respingono come i poli opposti di una batteria riempie di suoni primordiali e bestiali il silenzio della notte.

Il mio corpo squassato si riscuote, infine, dal sogno.

Era l'alba, corsi allo specchio, dispiaciuto di aver sacrificato la mia barba. Sussisteva quella strana bendatura, quasi a pacchetto, ma per il resto il mio viso era immodificato. Mi tranquillizzai e mi versai un po' d'acqua in un bicchiere, accesi tutte le luci.

«Aah!», non riuscii a trattenere un urlo. Dai bordi del nastro da imballaggio avevo visto spuntare i lembi di quel volto infernale. Strappai in fretta la benda e quella faccia era là, ghignante e ingrandita, pronta a invadere il mio viso sostituendosi a esso.

Mi osservai, deciso, allo specchio intanto che quella maschera lentamente si spandeva sulla mia pelle, infiltrandola come un cancro; aveva invaso dal basso il lato destro, risaliva sul naso, si estendeva a un occhio mutando il colore dell'iride, si radicava alla base dei capelli... Mi si annebbiò la mente. Capii che Lui mi stava prendendo completamente. Andai alla finestra, l'aprii e guardai di sotto. Da lì a un momento tutto sarebbe finito. Un salto e gli sarei sfuggito per sempre. Non avevo alternative.

«Che tu sia maledetto!» urlai e con un veloce segno di croce, a occhi chiusi, mi lanciai. Qualcuno mi afferrò saldamente e mi sbatté sul pavimento.

Fra' Porfirio stava impettito davanti a me.

«Hai vinto tu» disse con voce grave. La finestra era ancora spalancata.

«Ma io volevo...»

«L'hai maledetto... Ti sei salvato da solo.»

La sua mano destra era infilata nell'ampia manica sinistra e viceversa.

Mi fissava senza un abbraccio, curiosamente rigido, altero, distante. Il suo volto aveva assunto uno strano colore rosso scuro, gli occhi erano neri come carboni, i capelli d'un grigio ferrigno.

Sembrava una sagoma di cartone, animata all'interno da una luce indefinibile...

E diventava piccolo e tondo, come una moneta.

La mia compagna

La conobbi, credo, da bambino ma poi lei svanì, riassorbita nella densa nebbia del rimosso, e ne persi completamente ogni traccia.

La rividi vent'anni dopo in una calda notte dell'agosto siciliano, quando l'afa aggressiva del giorno concede una breve tregua. Mi sembrò eterea, quasi evanescente, mentre iniziava a fissarmi con quel suo occhio vellutato che si affacciava attraverso la porta della mia stanza. Ne fui sconvolto, non credevo che potesse essere vero. Scattai in piedi, cercai di catturarla ma lei, di colpo, scomparve. Non riuscii a dormire tutta la notte. Il suo sguardo inquietante e languido mi aveva completamente preso.

L'indomani, in ufficio, il direttore mi chiamò per una noiosa pratica e, mentre lui tamburellava sulla mia mente con le sue parole nodose, mi sembrò di intravederla di nuovo. Il cuore iniziò a galoppare a duecento battiti al minuto mentre nel mio cervello si formavano immagini deformate della realtà.

Durò tutto pochi istanti.

Ritornò una settimana dopo sbucando dal muro della mia camera. Dal suo occhio brillante si riflettevano iridescenti scie verdastre che illuminavano il buio fitto della notte con raggi fosforescenti. Rimanevo immobile intanto che lei si manifestava sempre più chiaramente. Ecco che finalmente riuscivo a vederla mentre sfaldava l'intonaco e si fissava per bene sulla parete. Quella telecamera che compariva e scompariva, spiandomi di nascosto, finalmente si palesava del tutto.

«Cosa vuoi da me?» le gridai spaventato, mentre lei iniziava a proiettare sul muro di fronte l'immagine di una conturbante, giovane donna che prese corpo e mi si avvicinò.

«Sei qui per me?». Lei fece cenno di sì con il capo. Un'emozione intensa mi pervase tutto, intanto che lei s'infilava sotto le lenzuola e piacevolmente mi veniva sopra, eccitandomi all'ennesima potenza. Fu bellissimo. Giunto al termine di questo piacere travolgente, la presi a baciare, ma ecco che...

«No! No! No! Ma che succede?». Il suo volto inizia a decomporsi a partire dagli angoli della bocca. È raccapricciante! Vedo affiorare i muscoli avvolti da una gelatina sanguinolenta, mentre divoranti vermi dalla sinuosa struttura metamerica la scarnificano mettendo a nudo le ossa. Me le sento scricchiolare addosso.

«Chi sei? Da dove vieni?»

Una voce deformata fuoriesce da quella scatola cranica che si frammenta sempre più fino a disintegrarsi del tutto, bisbigliando: «Vengo da un'altra dimensione».

Sprofondo sempre più nel malessere ma mantengo un briciolo di lucidità che mi permette di cogliere in quelle parole dei toni che mi fanno pensare alle voci mescolate insieme di mio padre e mia madre. È il terrore! Inizio a urlare, non so per quanto lo feci. Fu in quel momento che ricordai di aver conosciuto nella culla quel terrifico stato d'animo.

Riuscii finalmente a scrollarmela di dosso e mi rifugiai in bagno, ma sopra la porta, accuratamente chiusa, vidi l'intonaco che sobbalzava. Lei, la diabolica telecamera, ricomparve.

Riempii la vasca d'acqua e mi immersi là dentro. Ora non mi poteva più riprendere. Sì, era proprio così. Mi alzai, precipitosamente afferrai dall'armadio il boccaglio e il tubo della mia maschera subacquea e mi immersi di nuovo nella vasca. Ero al sicuro.

Non so per quanto tempo vi rimasi. Credo due giorni, finché sentii la voce di mio fratello che m'intimava di aprire. Lo feci. Era con degli strani uomini, tre in divisa, altri in camice. Uno, in borghese, disse di essere un medico e mi invitò a seguirlo. Io non ci pensavo nemmeno. Mi diedero addosso, e strappandomi letteralmente i pantaloni da dosso, intanto che io cercavo di difendermi forsennatamente, mi fecero una puntura che mi lacerò glutei e animo. A forza fui costretto a seguirli, dopo che un ispettore della polizia municipale sentenziò: «Lei è stato sottoposto a un trattamento sanitario obbligatorio e non può sottrarsi al ricovero».

Non so cosa accadde dopo, ricordo solo che mi svegliai in un puzzolente reparto; un dolore ai polsi mi fece capire che ero assicurato al letto con delle fascette di canapa grezza. Urlai. Giunse un infermiere che mi slegò. Venni esaminato poi da una baffuta, saccente psicologa che mi rivelò: «Lei sta vivendo un'esperienza psicotica».

Mi aiutò un compagno che mi suggerì: «Digli tutto quello che vogliono che tu dica, altrimenti non ti fanno uscire». Io lo feci. Dissi che la telecamera era un frutto della mia fantasia e dopo sette giorni fui fuori. Accettai, per compiacerli e per non perdere il posto di lavoro, delle punture mensili. Ma da allora lei, la mia spietata compagna, non mi ha più abbandonato.

Quella telecamera mi è stata sempre vicina, e ora che è arrivata la fine lei, generosa, proietta una rassicurante luce argentea che mi avvolge morbidamente.

E finalmente sarò suo, definitivamente suo, per sempre suo. Più nessuno ci potrà separare...

Flamenco

1.

Era giunto in aereo da Madrid proprio per lui. Avvolto nella sua elegante mantella lucida, di seta nera, dopo essersi esibito in tutta Europa, Diego Marquez era finalmente a Milano.

Tutto era pronto per celebrare degnamente il suo arrivo. Gli amici di Valerio, Eraldo primo fra tutti, avevano predisposto ogni cosa per bene.

Una scricchiolante e rettangolare tavola di compensato era stata fissata, tramite cerniere metalliche, su delle assi di legno che la sostenevano lungo i lati più lunghi, sollevandola dal pavimento per trasformarla in un improbabile e improvvisato cicalecciante palcoscenico; i lati più corti, liberi da sostegni, si libravano invece nell'aria, pronti a ondeggiare elasticamente quando sarebbe iniziato lo spettacolo di quella splendida danza gitana.

Diego, infatti, in quell'ultimo scorcio del secondo millennio, era riconosciuto come vero re del flamenco, ballerino ricercatissimo in tutto il mondo, e ora era là, per Valerio.

Toltosi cappa e cappello e pettinati i capelli ondulati e castani, una cui ciocca ribelle ricadeva sul suo occhio destro fiammeggiante, si preparava per quella esibizione speciale.

Era quello il particolare regalo che avrebbe animato la festa a sorpresa per solennizzare il venticinquesimo compleanno di Valerio. Questi, incredulo, guardava stupito ed eccitato l'improvvisata scena in cui il suo idolo si sarebbe di lì a poco esibito. Tremava tutto internamente.

"No, non può essere vero", si ripeteva nella mente; il respiro aumentava vertiginosamente di frequenza e il cuore galoppava in un crescendo di pulsazioni, e intanto realizzava attimo dopo attimo che stava per avverarsi il suo sogno: ammirare dal vivo l'eccelso maestro a cui idealmente si ispirava nei suoi balletti, mettendo così da parte i giornali e i filmati che fino ad allora erano stati l'unico tramite per carpirgli i segreti più nascosti di quella danza gitana che a lui sfuggivano, nonostante gli apprezzamenti dei coreografi con cui aveva lavorato. Da tempo accantonava tutti i suoi risparmi per fare un viaggio in Spagna che gli avrebbe consentito di seguirlo nella sua tournée e ora quell'opportunità gli veniva offerta su un vassoio d'argento. Il più bel regalo che mai avrebbe immaginato di ricevere.

2.

A un tratto Valerio scorge una mano che lo invita a entrare sotto il piccolo palcoscenico, dalla parte più stretta, quella che è sospesa sul pavimento, e lui con stupore ed eccitazione lo fa. Il suo corpo si adatta alla perfezione a quello spazio che lo separa dalla sovrastante tavola. Un cuscino bianco di soffici piume d'oca gli viene sistemato sotto la nuca inclinandogliela leggermente verso l'alto in modo da consentirgli di osservare minuziosamente, in tutti i loro più piccoli dettagli, i seduttivi passi del flamenco.

Eccitato e confuso attende trepidante l'inizio dello spettacolo. Scorge dall'altro lato della stanza la piccola folla dei suoi amici e sorride, ma riprende subito dopo a fissare il tavolato vuoto in ansiosa attesa del sospirato avvio.

Il chitarrista si accomoda sulla sedia mentre la suonatrice di nacchere scuote i suoi lunghi riccioli neri, ribelli e brillanti, e riscalda con saettanti movimenti le dita armoniose che si apprestano ad accompagnare il ritmato suono della chitarra.

Un «oh» di stupore sottolinea il balzo di Diego sul palco; il cuore di Valerio s'imbizzarrisce avvertendo, attraverso lo sfioramento del legno sulla pelle del suo torace, il nobile peso di lui.

Un silenzio denso di aspettative precede per qualche attimo l'inizio della rappresentazione.

Diego, abbigliato di nero, è immobile come una scultura; da un paio di sbottonature della camicia lascia intravedere la parte alta del suo torace villoso; braccio sinistro lievemente piegato dietro la schiena, volto di profilo un po' inclinato in basso e a destra, in direzione di Valerio che si sente abbagliare dal suo sguardo intenso, braccio destro flesso poggiato sull'addome.

Finalmente il suono lento delle prime note riscuote tutti da quell'immobilità silenziosa in cui sono sprofondati. Lui, il sublime, come svegliandosi da un incantesimo, abbandona il suo stato statuario. Al pari di un insetto, cristallizzato da una resina in un'ambra, che, dopo millenni, riprenda ad agitare le ali intorpidite, Diego inizia a muovere il suo corpo flessuoso. In armoniosa sincronia flette la gamba destra e innalza la mano dello stesso lato che, come battito d'ali di una colomba, arriva a sovrastargli il capo; a quel punto rilascia andare giù il piede destro con piglio virile.

Inizia il flamenco!
Il tavolato si anima ed eccitato risponde a quello stimolo vibrando e ondeggiando; s'inarca docile verso il basso, fluttua capriccioso, rimbalzando, poi, vivace verso l'alto.

Valerio sperimenta sensazioni intense e arcane allo stesso tempo, percepisce quasi di csscrc sul punto di non esistere più, tanto è turbato, interamente preso da quella divina armonia.

Scopre in quell'attimo, sì, nell'attimo in cui ricade possente quel piede sul suo torace, di poter assorbire realmente l'arte del maestro. Questi, seguendo l'erotico, cadenzato suono della chitarra accompagnato dalle vivaci nacchere, inizia a esibire il suo virtuosismo in una serie di passi incessanti, in un crescendo di toni sempre più alti che accalorano gli animi e l'atmosfera. Sbatte con più frequenza e maggiore vigore i tacchi degli artistici stivali sul piccolo palco, entusiasmando Valerio e l'infervorato, esiguo pubblico. Tutti iniziano a incitarlo, estasiati, con il battito sincopato delle mani che si fonde in un tutt'uno con la musica che a sua volta si fonde in un tutt'uno con Diego. Musica, pubblico, Diego e i due angeli neri che lo accompagnano sono un tutt'uno.

Valerio assapora, attraverso le vibrazioni del legno sul suo corpo, l'essenza più intrinseca di quella danza passionale, ne assorbe lo spirito rubandone l'anima. Pervaso da quel ritmo incalzante, avverte sopra la milza il peso del piede destro di lui. Il suo pene incuriosito si drizza, stimolato dal gioco di punta e tacco del piede sinistro di lui, stordito dalle sensazioni carezzevoli e dirompenti che le ripetute sequenze dei passi di Diego gli trasmettono. Ecco che Valerio si eccita all'ennesima potenza – il flamenco prosegue nel crescendo sfrenato che lo caratterizza. Osserva adesso le mani di lui, le cui dita inseguono le note con coreografici sfarfallii, come dita di un amante che sfiorino, delicate e tremule, il seno dell'amata. L'atmosfera è carica di pathos. Sì, Diego riesce a trasmettere una vasta gamma di sentimenti ora altamente lirici, ora tragici, ora viscerali e perturbanti che la vivacità, drammaticità e irruenza dei suoi movimenti evocano. E Diego, persosi anch'egli nel ritmo frenetico, fa schioccare le dita e, dopo alcuni minuti di un susseguirsi di passi sincopati, si arresta per una frazione di secondo, volteggia stupendamente nell'aria e ricade giù con precisa eleganza. Le cerniere che in maniera precaria sorreggono l'improvvisato palcoscenico scricchiolano, cedendo lentamente, mentre il tavolato carezza sempre più massivamente il corpo di Valerio che si abbandona al piacere del contatto con lui. Anch'egli immagina di volteggiare preso da quell'emozione intensa che, trapassando in sensazioni fisiche, risolve il culmine della sua tensione fisica. Il piacere che lo bagna è nulla rispetto all'esperienza mentale che vive: l'apertura di uno spiraglio che gli lascia intravedere una nuova e inimmaginabile dimensione.

La danza riprende con tutto il suo vigore, il palco sembra squassarsi sotto il peso di Diego che, accompagnato dall'applauso cadenzato di quella piccola folla, continua la sua superba e singolare esibizione.

Ora una piccola scheggia di legno, sfrangiatosi dopo un ulteriore colpo, impertinente sfiora, pungendo, lo sterno di Valerio che incamera attraverso le sensazioni tattili, come un computer, le movenze di lui, fotocopiandole indelebilmente nella memoria.

Diego ce l'ha sempre più addosso; le cerniere, infatti, si piegano sempre più. Ma lui è felice, appagato, finalmente sereno. Osserva estasiato le mani dell'altro, rammaricandosi di non poter percepire anche quelle su di sé.

Quel trapassare di lui in sé lo sconvolge e commuove. È la fusione con l'arte, con la danza, è il raggiungimento del sublime, l'appagamento massimo che la vita gli possa concedere. Mentalmente perde la sua individualità confondendosi con l'altro che lo prende sempre più.

Dopo un ultimo sussulto Diego si arresta, un boato di applausi sommerge l'ambiente.

«Bis! Bis!» urla il pubblico in delirio. Lui si avvicina verso il capo di Valerio, con eleganza protende la mano destra porgendogli gli auguri per quel suo irripetibile compleanno. In quell'attimo una goccia di sudore ricade sul volto di Valerio; limpida rotola dalla piega interna dell'occhio lungo le ali nasali fino a lambire le labbra. E lui la sorbisce. Il salato che gusta insaporisce l'indimenticabile momento, anche se ansima un po' per il peso che gli comprime sempre più il torace ma che non gli impedisce di andare in visibilio. Nell'ovazione generale anch'egli riesce a fare sentire la sua voce: «Bis... Bis...» e intanto Eraldo, chinatosi su di lui per vedere come stia, gli deterge il volto dal sudore.

La chitarra riprende a scandire il tempo con i suoi accordi, riaccendendo la danza in un vertiginoso susseguirsi di volteggi, piroette e coreografici passi.

Il ripetuto, insistente, ossessivo, danzante incedere di Diego si trasforma, ora, in una sofferenza sempre più profonda per Valerio. Le cerniere hanno ceduto del tutto e lui balla sorretto praticamente solo dal corpo del giovane.

Una fitta acuta all'improvviso lo fa sobbalzare. Qui, sullo sterno, un trafittivo dolore puntorio scuote violentemente Valerio irradiandosi nel torace e poi in tutto il corpo; le fitte gli si riverberano atroci fin dentro il cervello. Quell'aguzza scheggia di legno ora non lo solletica più, penetra sempre più intimamente nella sua carne tormentandolo. Suda tutto, la temperatura corporea s'innalza vertiginosamente, la vista a tratti gli si annebbia ma sul suo volto persiste il sorriso. Sì! Lui è felice, è in contatto con l'Estetica, gli pare di essere egli stesso fuso nell'armonia della danza, completamente risucchiato dal bello.

Diego arresta per un attimo i suoi passi, libera verso l'esterno le sue armoniose braccia e, dopo averle innalzate oltre il capo, le lascia passionalmente ricadere battendo le mani

– le dita ben aperte – sul suo poderoso torace che risponde a quella sollecitazione schioccando tutto. Riprende poi l'armonioso calpestio sul corpo di lui.

Un rumore secco gli esplode nel petto. Una prima costola si frattura sotto il gravame di lui che continua euforico il suo ballo. Valerio, pur dolorante, ammira lo sguardo velatamente assassino di quell'uomo, che sa che attraverso i suoi movimenti può infliggergli colpi tremendi. Ma tirando fuori il po' di fiato che gli resta ancora urla: «Eccelso... Sei sublime... Eccelso...».

Diego si avvicina, quindi, verso il capo di lui e si scatena eccitato. Si confondono con l'artistico fragore gli scricchiolii delle coste di Valerio che si frantumano. Annusa, ora, Valerio il singolare, inebriante odore che si emana da lui e che a tutti è concesso respirare, assaporare, una sola volta nella vita. Gli occhi ammalianti del maestro lo accecano, perde il contatto con la realtà, cessa il dolore mentre una luminosissima, superba spirale di luce argentea e fluorescente lo avvolge facendogli scorgere in lontananza un qualcosa che non distingue bene, un varco... Un istante dopo la musica lo riporta alla realtà.

Diego compie altri tre passi e, dopo un ultimo, poderoso colpo di tacco, lo fissa intensamente negli occhi, prendendolo definitivamente con sé.

Il flamenco è finito!

3.

Prima di volare via, Valerio lancia uno sguardo giù. Tante persone si accalcano attorno al letto dove giace il suo corpo devastato dalle infezioni correlate all'AIDS.

«Dottore, dottore non si riprende» sente risuonare nell'aria la voce di Gilberto, un'infermiere. Lo vede praticare, instancabile, il massaggio cardiaco che, nel disperato tentativo di salvarlo, gli ha fratturato le costole. Il suo sguardo poi si sofferma su Eraldo, il compagno della sua vita, che attonito e impotente assiste all'evento.

«Ha un'espressione serena, sembra felice» fa notare Lucia, un'altra infermiera, e intanto Eraldo non riesce più a trattenere le lacrime.

Valerio a quel punto si blocca, vorrebbe tornare indietro, rientrare in quel corpo che tante sofferenze gli ha procurato ma non ci riesce. «Eraldo sta' tranquillo» gli urla, «sto bene, anzi non sono mai stato così bene» ma le sue parole si disperdono nella sala di rianimazione senza essere udite da alcuno.

«È morto!» sente esclamare un istante dopo al dottor Parodi. «Mentre cercavamo di rianimarlo l'ho visto felice. È inutile continuare; staccate la bombola di ossigeno! Gilberto, smetti di massacrargli il torace. Abbiamo fallito. È morto, e noi lo dobbiamo accettare insieme ai nostri limiti.»

Un cono di luce intensa inizia a risucchiare Valerio, ma lui prima deve fare una cosa. Scende giù, si accosta al compagno, lo bacia per l'ultima volta, gli sussurra all'orecchio: «Ti amo! Ti verrò a prendere quando sarà la tua ora». Poi risale lasciandosi avvolgere lentamente da quella scia luminosa. Lo sguardo di Eraldo che si rivolge al soffitto gli fa intendere che il suo saluto è stato colto. Ora sì, può andare.

La camelia

"No, non può essere lui" pensava Ludovica mentre veniva presentato a lei e agli altri ospiti del pensionato quel distinto, anziano signore. Ma quando Gabriele le strinse la mano ne ebbe la certezza.

Lei, una signora eccentrica e stramba, forse anche un po' matta, che aveva dedicato tutta la vita all'insegnamento, rinunciando a crearsi una propria famiglia, si sentiva ora ondeggiare come un fuscello d'erba scosso dal maestrale o come un'arpa, muta da tempo, le cui corde impolverate vengano finalmente scarabillate da mano esperta, rilasciando un pensiero musicale già sopito.

D'un tratto un'interna attività geologica risvegliò il vulcano dei suoi ricordi facendola ripiombare sessant'anni indietro nel tempo; allora, poco più che diciottenne, aveva avvertito affiorare un sentire misterioso, un'oscura pulsione poi tramutatasi in un inquietante interesse per quello studente di medicina che frequentava Liria. L'aveva visto per la prima volta durante la passeggiata del sabato pomeriggio lungo il corso, insieme a Liria e Tea, due sue cugine, e alla zia Teresa...

Un mese dopo, in un luminoso pomeriggio di primavera, Ludovica trasse dalla valigia riposta sotto il letto, al sicuro da occhi indiscreti, il diario logoro della sua giovinezza. Le mani agitate da fini tremori, andò a sfogliarlo per cercare se ci fosse quella favola. La trovò...

Nel soggiorno Gabriele se ne stava seduto – la schiena incurvata – su una poltrona di pelle marrone, ma, nonostante l'impietoso trascorrere del tempo, i suoi occhi avevano mantenuto inalterata la loro lucentezza; l'azzurro che allora l'aveva tanto ammaliata si era sfumato, acquisendo nuove, cangevoli tonalità. Ludovica gli si sedette accanto e gli chiese: «Ti andrebbe di leggere un piccolo racconto? Lo scrissi da ragazza nel periodo in cui ti conobbi.»

«Noi ci siamo conosciuti? E quando? Non mi ricordo...»

«Per un periodo tu frequentasti mia cugina Liria...»

«Liria... Sì, certo, tu dunque sei una sua cugina? Certo, la piccola Viky... Eri tu dunque?»

La vecchiaia le aveva insegnato a tollerare con grande dignità le frustrazioni; lui non se la ricordava neanche!

Poi, senza aggiungere altro, Gabriele allungò la sua mano scarna e prese quel diario, che lei gli porgeva dissimulando con un sorriso una fitta dolorosa che dal bacino le s'irradiava con la velocità di un fulmine alla colonna vertebrale.

Gabriele iniziò a leggere con attenzione.

L'aria frizzante del mattino aveva destato dal loro sonno notturno i fiori di un arbusto di camelia. Su uno dei rami più bassi, un po' nascosto, se ne stava un bocciolo oscurato da due grandi camelie che fluttuavano al vento distendendo per bene i loro petali. Il bocciolo le osservava con estremo rispetto notando la moltitudine d'insetti che vi si posavano sopra, attendendo il momento in cui sarebbe divenuto come loro. Dopo qualche giorno, si svegliò una mattina e si scoprì trasformato in una graziosa camelia, ma l'infelice posizione su quel ramo declinante non le consentiva di essere baciata dalle api del vicino alveare.
Guardava le due più anziane camelie fremere sotto il peso di un grosso calabrone vellutato e brillante mentre rilasciavano felici il

loro polline, e invece lei... iniziò a intristirsi. Giorno dopo giorno accumulava il suo polline vagheggiando. Ah, se il bel calabrone forte e virile che ronzava di continuo attorno a quelle due odiose cugine si fosse posato su di lei. Cercava di distendere i suoi petali, d'inviargli l'odore del suo nettare, di attirarlo intensificando il suo colore, giocando sulle sfumature che la variegavano diversificandola giorno dopo giorno, scrollando seduttivamente la sua corolla, ma lui sembrava ignorarla.

Slittò lentamente in uno stato di prostrazione sempre più profonda. Pensava sconfortata: "Se anch'egli non vuole suggere il nettare che con amore e fiducia ho prodotto per lui, e sia! Ma se anche solo un alito di vento lo sbalzasse per un attimo su di me, se anche solo una delle sue forti zampe mi sfiorasse o si degnasse di posarsi su di me per ritrovare l'equilibrio e portasse con sé un po' del mio polline, ne sarei felice, finalmente potrei sfiorire serenamente...".

I giorni continuavano a scorrere inesorabili, il suo nettare sgocciolava all'esterno facendo felici delle urticanti formicacce rosse, mentre il vento disperdeva vanamente la sua polvere procreativa. Il dolore mescolato a un bramoso desio la portò a ripiegare i petali per trattenere le sue ultime sferule genitali, illudendosi, sperando sempre. Ma una mattina un ventaccio gelido ammazzò la speranza strappandole parte dei petali; sconfitta, osservava le due grosse camelie, ormai del tutto sfiorite, che custodivano all'interno del loro ovaio i semi nati dal connubio con lui. Accartocciò i petali rimasti su se stessa e se ne rimase così, pura... fino alla morte.

Gabriele, finito di leggere, la guardò interrogativamente. Gli occhi inumiditi di lei non gli lasciarono più alcun dubbio.

«Perché? Perché non me lo hai mai detto?»

«Ai nostri tempi non era possibile. Ti sarei sembrata una svergognata...» rispose timidamente lei, che solo ora aveva trovato il coraggio di svelare quell'amore segreto custodito gelosamente per tutta la vita. E nel momento in cui riuscì a farlo si sentì nuovamente giovane, la disperazione di una vita già consumata scemava liberandola...

Prese trepidante la mano di lui e dopo qualche istante finalmente le sue guance provarono il brivido del bacio di lui... tanto atteso.

Finalmente poteva farlo. Le contò più di una volta; erano venti, confettate, bianche. L'acqua ruscellava nel bicchiere mentre con la mano sinistra accomodava la parrucca per mascherare la calvizie indotta dai ripetuti cicli di chemioterapia a cui si sottoponeva da più di un anno con risultati pressoché nulli.

E mentre le inghiottiva, gioiva; si dissolvevano i lancinanti dolori provocatile dalle metastasi ossee di un carcinoma del collo dell'utero.

Di lì a breve si sarebbero rincontrati, lei e Gabriele, di nuovo giovani, di nuovo belli, finalmente insieme per l'eternità. Serena, si assopì...

Quadri

1.

Ritmico e sincopato, il suono della sveglia la destò dal suo sonno leggero. Erano le cinque e trenta del mattino, giusto il tempo di prepararsi e correre a quell'appuntamento irrinunciabile. Una leggera velatura di turchese sulle palpebre, una spazzolata ai capelli riflessati d'oro, un filo di rossetto che le infuocava il colore delle labbra e giù di corsa in garage a prendere la sua cabriolet.

Fra nubi sfrangiate da un leggero vento di maestrale affiorava occhieggiando un grande sole aranciato; risalendo, s'illuminava in maniera inversamente proporzionale al suo rimpicciolirsi, scaldando l'aria fresca dell'alba, intrisa dei profumi delle fioriture primaverili appena sbocciate dopo un lungo inverno gelido e piovoso, al pari di lei che si era schiusa a un nuovo amore.

«Sonia, sei in perfetto orario» le disse Luigi non appena la vide accedere nell'ampio capannone, con tela e pennelli sotto il braccio.

«Oggi è una giornata fantastica, si sente nell'aria la gioia dell'esistere, l'aroma della vita. Ne ho fatto una buona scorta prima di entrare. È già arrivato Matteo?»

«Sì, è di là, si sta mettendo la tuta. Gli ospiti sono giunti in nottata e lo aspettano trepidanti» le rispose con tono di voce sarcastico.

Sonia estrasse dalla sua sacca un grembiule a quadretti rosa e bianchi, lo indossò e andò a guardare i clienti di quella mattina.

A lei piaceva moltissimo, prima, osservarli da lontano e poi iniziare la sua attività.

Matteo entrò ciarlando ad alta voce con Luigi e altri due giovani. Una nube capricciosa velò in quel momento il sole, oscurando l'ampio ambiente già tetro di suo, mentre scalpiccii nervosi sottolineavano l'inquietudine degli invitati che forse già presagivano qualcosa.

Luigi srotolò lentamente il tubo che penzolava dal rubinetto e inondò d'acqua il suolo del grande locale dove, di lì a poco, Matteo avrebbe eseguito il suo lavoro e Sonia avrebbe ritratto gli ospiti in partenza.

Un odore intenso e dolciastro affiorava nauseabondo dagli interstizi delle mattonelle di ceramica bianca. Ma lei ormai ci si era così abituata da ritenere superfluo portare con sé sacchetti o surrogati per tamponare eventuali, prorompenti conati di vomito.

Matteo si agitava baldanzoso sguazzando con gli stivali di plastica nell'acqua sparsa sul pavimento. Si avvicinò poi verso il primo soggetto, quando Sonia lo bloccò: «Aspetta, aspetta un attimo, per favore, Matteo, devo dargli una sistemata al volto». E, estratta dal suo borsone una sorta di trousse, si avvicinò a quel bell'esemplare di maschio iniziando una toilettatura estemporanea. Con un fazzoletto di carta rimosse il muco appiccicoso e filante presente negli angoli degli occhi, una leggera strigliata alla folta criniera, una pulizia di tutta la sua faccia allungata, qualche taglio ai peli che fuoriuscivano dalle sue larghe narici e, dopo averlo guardato attentamente, commentò: «Bene, bene, credo che una leggera sottolineatura del contorno degli occhi con la matita nera ne esalterà la bellezza». Poi rivolgendosi a Luigi e agli altri ragazzi aggiunse: «Per favore mi aiutate a tenerlo fermo?».

Un ultimo tocco e lo osservò: era perfetto, come lei l'aveva immaginato. Sembrava davvero soddisfatta, quando una grossa mosca gli si posò sulle congiuntive, proprio là, sullo sbocco del dotto lacrimale, dove lei si era tanto soffermata nel suo accurato maquillage. Sonia esplose, allora, in un gridolino di disappunto: «Oh, non se ne può proprio più di queste moscacce!»

«Tafani vorrai dire» la corresse Luigi, mentre lei sottolineava: «Dev'essere fastidiosissimo averli sempre attorno agli occhi.»

«Ti sbagli» la contraddisse Matteo, «a loro piace, anzi è indispensabile. È grazie ai tafani che i cavalli tengono puliti i propri occhi, mentre quelli si nutrono. È una cosa vantaggiosa per entrambi. Forse proprio per questo motivo i tafani sono insetti resistentissimi. Sai qual è l'unico modo per ucciderli?»

«Schiacciarli, no?» rispose lei, che poi s'imbarazzò sentendo le risate sguaiate di quegli uomini.

Luigi le andò vicino e le disse con baldanza: «Ora te lo faccio vedere io come si fa». E presone uno in mano, lo schiacciò dapprima fra il pollice e l'indice e, facendole notare che ancora si muoveva perfettamente, sottolineò: «Guardalo bene, hai visto che è rimasto vivo?»

«Sì» rispose infastidita lei.

Lui isolò, allora, con le unghie, la testa del malcapitato insetto, staccandogliela subito dopo con un colpo netto, mentre sorridendo le spiegava: «L'unico modo per eliminarli è questo: mozzargli la testa, decapitarli. E, comunque, come ti diceva Matteo, sono insetti molto utili per i cavalli. Guarda, invece, quali bestiacce non servono a nulla...». E, alzata la coda di un altro cavallo che se ne stava in silenziosa attesa, le fece osservare una sorta di piccola coroncina, un collier di perle bianchicce dalle dimensioni più svariate che contornavano il forame anale.

«Cosa sono?» chiese disgustata Sonia, e intanto osservava quei parassiti, agganciati saldamente con il loro rostro alle pliche anali, sporgere verso l'esterno con il loro addome rigonfio del sangue succhiato.

«Sono zecche, parassiti schifosi e inutili». E staccatane una, la gettò in un punto del pavimento ormai asciutto, premendo poi gradualmente con la punta dello stivale quella piccola vescica rigonfia fino a farla esplodere, fra le risate degli altri uomini e l'espressione sconcertata di Sonia che si allontanò con raccapriccio da quei rossi schizzi di morte, restandosene in silenzio. Matteo le si avvicinò e le sfiorò le labbra con le sue; stavano insieme da quasi tre mesi.

«Ora basta scherzare, non perdiamo altro tempo!». E, imbrigliato il cavallo sotto l'addome con delle robuste cinghie di cuoio, Matteo estrasse la pistola, gliela puntò sulla fronte e... sparò. La povera bestia non riuscì a completare il suo nitrito di dolore e si accasciò su se stessa, sostenuta da quella sorta di piccolo argano.

Mentre Matteo e Luigi continuavano a macellare gli altri esemplari al ritmo dell'inquietante concerto di morte intonato dalle vittime con il loro ultimo anelito di vita, Sonia sistemò la tela sul cavalletto e iniziò a ritrarre quella testa reclinata con il buco sulla fronte da cui fuoriusciva un piccolo rigagnolo di sangue che scivolava contornandone l'occhio sinistro.

Certo quella era una splendida *Maschera della morte*, il tema della sua prossima mostra, prevista per l'autunno successivo.

2.

Sonia, ventisei anni, fin dall'infanzia aveva manifestato un'innata propensione alla pittura; una volta conseguito il diploma all'Accademia delle belle arti si era quindi dedicata interamente alla sua passione, divenendo una stimata pittrice. Da sempre aveva cercato di ritrarre, più che immagini, delle emozioni, emozioni forti e inquietanti, proprio quegli stati d'animo che, per le risonanze emotive evocate, spesso vengono tenuti lontano dalla coscienza. E dopo un inizio turbolento non esente da aspre critiche, i suoi tentativi erano stati successivamente apprezzati da numerosi esperti d'arte ed era riuscita a crearsi un suo spazio, una nicchia squisitamente personale, nel variegato mondo della pittura contemporanea.

Da sempre i cavalli erano stati i suoi animali prediletti. Da piccola le sembravano degli animali "fatati", che non conoscono barriere, che saltano tutti gli ostacoli superando le difficoltà della vita. E lei colpita, a quel tempo, da una brutta osteomielite alla gamba destra, curata con molte difficoltà e dalla quale era alla fine riuscita a guarire, immaginava, nei momenti di sconforto immobilizzata a letto, di balzare in groppa a uno di quei suoi bianchi cavalli magici e volare. Sì, volare su un ippogrifo dalle grandi ali candide scivolando nel mondo delle sue fantasie, precluso a Giorgio, il fratellino più piccolo. Questi, con la sua dispettosa nascita, le aveva rubato l'affetto e le attenzioni dei genitori. E librarsi nel regno dell'immaginario le consentiva di prendersi la rivincita su Giorgio.

Ora, a distanza di anni, il dipingere quelle teste mozzate nella bellezza del loro estremo anelito di vita, coglierne l'istante del passaggio, immortalare l'esalazione dell'ultimo respiro, le creava una moltitudine di sensazioni che lei trasferiva sulla tela attraverso inquietanti e pregevoli rappresentazioni pittoriche. E proprio questa sua necessità – il voler dipingere teste di cavalli nell'attimo del trapasso – le cui motivazioni profonde rimanevano confinate nel limbo dell'inconscio, le aveva permesso di conoscere Matteo. Gliclo aveva presentato Martina, una sua collega dell'Accademia, specializzatasi poi in scenografia.

Sonia dapprima era rimasta turbata da quest'uomo. Ma con il trascorrere dei giorni, man mano che l'osservava in quella che lui definiva una "nobile missione" nei confronti dell'umanità intera, se ne era invaghita; lui era diventato il signore dei cavalli, colui che può, colui che decide se privare o meno dell'esistere quelle creature che più di tutte le altre sono libere e non conoscono ostacoli. Lui dominava i suoi pensieri, il suo immaginario, tanto da avere perso la sua consistenza umana per assumerne una onnipotente, quasi divina nel suo mondo onirico.

E quando Matteo si era complimentato per l'originalità dei suoi quadri, lei aveva sperimentato l'emozione intensa che caratterizza l'innamoramento. Successivamente quando, nella sua piccola stanza al macello, lui le fece vedere delle foto storiche sull'arte della macellazione, un brivido freddo le attraversò il corpo. E infine, dopo che lui la baciò per la prima volta, lei capì di non poterne più fare a meno.

3.

Una sera a letto Sonia gli chiese: «Non mi hai mai raccontato qual è stata la molla che ti ha fatto intraprendere questa professione... Ops, scusami, volevo dire questa missione.»

«Hai fatto bene a correggerti perché si tratta proprio di una missione. Infatti, se non ci fossimo noi, come farebbe l'umanità? Noi carichiamo su noi stessi l'orrore della macellazione, alleggerendo la coscienza degli altri e consentendo a tutti, nella massima serenità, d'integrare la loro dieta con un adeguato apporto proteico che solo le carni animali possono fornire. Per quanto riguarda la tua domanda devo dirti di non aver fatto una scelta precisa, è stato qualcosa che è avvenuto naturalmente. Già da bambino sapevo quello che avrei fatto da grande, un po' come succede ai figli d'arte, a coloro che, nati nei circhi, già sanno che da grandi continueranno la tradizione di famiglia. La nostra è un'arte che ci tramandiamo da generazioni, proprio come quella circense; mi sembra che questo sia un paragone valido. Certo, i tempi sono molto cambiati. Da bambino, ricordo mio nonno... la sua abilità... Allora tutto si svolgeva in maniera diversa e molto più cruenta...» s'interruppe rabbuiandosi in viso per qualche istante. «Non credo che sia importante raccontarti i particolari» aggiunse e, giratosi sul fianco, la prese ad accarezzare.

«Invece per me è importante, voglio conoscere tutti i dettagli della tua vita, continua dai, dai, ti prego» insistette Sonia sgusciando dalle sue braccia.

Seppur con qualche tentennamento, lui riprese a raccontare: «Mi si stampò un'immagine nella mente la prima volta che vidi il nonno in azione; avrò avuto quattro o forse cinque anni, ricordo ancora che venni assalito da una grande paura. Lui, afferrato un grande martello in mano, si avvicinò a un grosso manzo, gli tastò per bene la testa e, sollevate le dita, mentre diceva sottovoce: "Uhm... sì, mi sembra che sia il punto giusto", gli sferrò un colpo violentissimo là, sulla fronte; l'animale emise un muggito agghiacciante, barcollò e precipitò al suolo, tremò tutto per qualche istante in preda alle convulsioni e... morì subito. Il nonno, vedendomi smarrito, mi prese in braccio, mi baciò sulla fronte e mi spiegò i nobili significati del suo lavoro, aggiunse che gli animali non soffrivano se si era capaci di dare un unico colpo, secco e preciso. E fu in quel momento che smisi di avere paura di lui, anzi sentii affiorare dentro di me il bisogno di emularlo. Da grande avrei fatto anch'io quel lavoro. Crescendo andavo spesso a vedere mio padre al macello; lui m'insegnò tutti i trucchi del mestiere e i suoi rischi, le degenerazioni consistenti in odiose scommesse se l'animale venisse abbattuto al primo colpo o meno. Ma poi l'introduzione delle pistole ha semplificato tutto, eviscerando lo sporco che immancabilmente si era insinuato in questa professione, come del resto capita un po' in tutti i mestieri. È una cosa che fa parte dell'animo umano!». E dopo aver bevuto un dito di cognac direttamente dalla bottiglia, in bilico sul vicino comodino, aggiunse: «Io comunque mi sento onorato di appartenere a una famiglia di macellatori.»

«E ne hai dei buoni motivi» sottolineò Sonia, e intanto gli accarezzava l'addome sperando di essere nuovamente presa da lui.

4.

Il lavoro artistico procedeva freneticamente man mano che si avvicinava la data della mostra. Sonia trascorreva quasi tutto il giorno al macello; Matteo le aveva messo a disposizione la sua stanza. Là, lei poteva continuare a dipingere anche dopo l'orario di chiusura.

I colli mozzati dei cavalli con le criniere adeguatamente acconciate da lei, i loro volti stupiti, sfigurati dal dolore della morte, avevano interamente preso Sonia quasi al punto da farle perdere il contatto con la realtà.

Le cose che più sorprendevano Matteo erano l'incapacità della ragazza di fare del male a chicchessia e la dolce sottomissione nei suoi confronti. Ciò sembrava stridere con i suoi quadri che, in alcune loro espressioni più ardite, riuscivano a essere perturbanti anche per lui stesso, ben avvezzo ai colori e ai suoni della morte. Ma la cosa più incredibile era che guardando quelle tele si aveva l'impressione di sentire l'impalpabile odore della morte, di percepirne il gelido e prepotente abbraccio.

Quando Matteo le comunicò questa sensazione, al termine del suo turno di lavoro, in un caldo pomeriggio d'estate, lei ne fu felice e più che mai si attaccò a lui, morbosamente.

Quella notte si addormentò serena dopo aver fatto l'amore, ma il suo sonno era disturbato da sogni angoscianti; vedeva quelle teste mozzate e sanguinati librarsi nell'aria e rincorrerla minacciosamente e, nonostante lei con un grande retino riuscisse ad acchiapparle e a rinchiuderle in un sottoscala buio, loro sembravano moltiplicarsi freneticamente senza darle un attimo di tregua.

Si svegliò con le gambe intorpidite, non riusciva a muoverle, il respiro pesante di Matteo sembrava il nitrito soffocato di uno dei tanti cavalli che lui ammazzava risucchiandone l'anima; e lei, d'un tratto, sollevando le palpebre della memoria riuscì a perforare lo schermo nero del rimosso e rivide se stessa, seduta su quella maledetta sediolina, immobilizzata dall'osteomielite, mentre le veniva mostrato per la prima volta Giorgio. Rammentò il proprio stupore notando il piccolo organo genitale del fratellino – lei ancora non aveva mai visto un maschio nudo. L'asta le parve un cavallino rosa, mentre i testicoli le sembrarono delle ali. Quella strana immagine fantastica era stata poi cancellata dall'amnesia infantile, e ora, in quel momento, le riaffiorava con prepotenza nella mente accompagnandosi a una sensazione tormentosa. L'astio profondo che, da allora, aveva iniziato a nutrire nei confronti di Giorgio, era andato accrescendosi con il trascorrere degli anni quando a lei veniva proibito di compiere determinate azioni, consentite invece a lui perché maschio. Entrò di colpo in contatto con la sua invidia infantile e a un tratto l'ossessione per i cavalli e le loro teste troncate iniziò a uscire dall'oscurità in cui era rimasta fino ad allora avvolta, acquisendo dei significati allarmanti, difficili da accettare.

Ricordò l'emozione intensa provata ogni qualvolta accarezzava il muso dei cavalli, quando sentiva il calore del respiro che fuoriusciva dalle loro froge fumanti per il freddo; associò immediatamente la sensazione di sentirsi importante e forte, sperimentata nel momento in cui riusciva a controllare quelle indomite bestie, a quella di quando prendeva in mano l'asta di un uomo, il cui meato uretrale le sembrò di colpo talmente simile alle narici dei cavalli... Iniziò a piangere convulsamente al punto che Matteo si svegliò e disorientato la prese a confortare. Preoccupato le chiese: «Cos'è successo? Cos'è successo? Sonia, ci sono qua io con te. Ma che ti prende?»

«Niente, niente» rispose lei, «è stato solo un brutto sogno, scusami se ti ho svegliato.»

«Ti va di parlarne?» le domandò e, dopo averle asciugato gli occhi, la prese a baciare sul volto quasi come a volerglielo detergere dal dolore.

«No, non è importante, ora è già tutto passato» lo rassicurò lei.

5.

Un paio di giorni dopo, Sonia se ne stava a completare uno dei suoi quadri, quando entrò Matteo e iniziò a giocare con lei. Le propinava dei succhiotti sul collo un po' sotto la nuca, le infilava delicatamente il mignolo dentro le orecchie, cosa che sapeva farle venire brividi di piacere, l'attirava a sé... così che Sonia, posato il pennello – le mani ancora imbrattate di colore – lo iniziò a baciare. Lui la spingeva piano verso un divanetto quando la vista di lei fu attratta dalla lama affilata di un coltellaccio, posato su un tavolinetto. E intanto che Matteo, dopo un'ulteriore spinta, la faceva distendere sul divano e si apprestava a salirle addosso, affiorò d'improvviso nella mente di lei un impulso perverso. Sì, le venne voglia di prendere quel coltellaccio, di tagliarglielo e di nasconderlo in una tasca per poi farne un ciondolo da sfoggiare con le amiche. Rimase atterrita da quella fantasia, differentemente dal passato.

Giorni prima, infatti, mentre assisteva alla scuoiatura, aveva immaginato, come più volte in precedenza, che quei coltelli si animassero e sfuggendo dalle mani di quegli uomini, danzando, li evirassero donandole alla fine una discutibile collana caratterizzata da quegli improbabili pendagli carnei che lei indossava compiaciuta.

Matteo, inconsapevole dei pensieri della sua donna, portava avanti il gioco d'amore completamente disteso. Sonia, invece, ora era tutta contratta. Riaffiorava prepotente a livello di coscienza l'immagine infantile palesatasi quella notte al risveglio da quell'incubo. Si sentì disunita, frammentata, slegata, sconvolta. Si rivide bambina quando, osservando il fratellino su un tavolino mentre gli cambiavano il pannolino, notò accanto a lui una forbicina. Nella sua ingenuità infantile la prese in mano esclamando rivolta alla mamma: «Mammina, ola al flatellino gliclo tajo». Risentì le risate, i rimproveri della madre e anche il sentimento di perfida astiosità, allora avvertito intensamente e poi spentosi, in parte grazie ai processi di rimozione e in parte attraverso la sua perversa costruzione fantastica utilizzando i cavalli. Ma ora il malessere era riesploso dentro di lei con tutta la sua carica emozionale, irruente e primitiva mentre, a un tratto, i suoi quadri le sembravano aver perso d'importanza come anche il suo amore per Matteo.

6.

Il vernissage *Maschere della morte* fu un gran successo. Sonia ricevette la visita di numerosi critici e l'indomani svariate, lusinghiere recensioni riempivano alcune righe della terza pagina dei quotidiani. Le vendite andavano benissimo quando un pomeriggio, d'improvviso, si sentì stringere per le spalle, si girò e... rimase senza parole.

Era Giorgio, suo fratello che, appena rientrato dagli Stati Uniti dove aveva completato uno stage formativo, era venuto a trovarla.

Sonia lo abbracciò come mai aveva fatto in precedenza, lui le sembrò sinceramente partecipe della sua gioia e lei, arrossandosi in viso, provò vergogna, un'intensa vergogna per la sua invidia infantile, per quell'invidia che le sue tele avevano sempre inconsciamente rappresentato. Lo stringeva fra le braccia quando affiorò un'emozione profonda; iniziò a piangere mentre Giorgio stupito le chiedeva: «Ho fatto qualcosa che non va?»

«No, tu non hai mai fatto nulla che non andasse. È che... da bambina ero gelosa di te e questa cosa non mi ha mai permesso di tirare fuori tutti i sentimenti positivi che nutrivo nei tuoi confronti. Ma ora devo dirti che ti voglio bene, che te ne ho sempre voluto, anche se c'era qualcosa dentro di me che incatenava questo sentimento.»

Sonia sperimentava una sensazione nuova, si sentiva uscire da un incubo e quando, finita la mostra, iniziò a raccogliere le sue cose sparpagliate dappertutto per sistemarle nel borsone, vedendo la trousse che aveva utilizzato per truccare i suoi cavalli percepì un sottile disagio che svanì non appena sentì il bacio sulla nuca che Matteo, accostatosi in silenzio, le aveva dato.

Più tardi, mentre facevano l'amore, percepì nuovamente quel malessere che s'intensificava. L'uomo che le stava addosso la infastidiva. Possibile? Finse un orgasmo per non scompiacerlo: era la prima volta che lo faceva. Perché? D'improvviso rivide la relazione con Matteo sotto una prospettiva diversa, come se una lente d'ingrandimento le permettesse di scorgere dettagli fino ad allora rimasti in ombra.

Nei giorni a seguire iniziò a porsi una molteplicità di domande. Si era innamorata di lui per quello che era veramente o piuttosto per ciò che rappresentava nel suo immaginario? Dapprima non riuscì a darsi una risposta. Però ogni qualvolta lui faceva delle avance, lei trovava delle scuse – un tremendo mal di testa, il ciclo – oppure subiva gli amplessi passivamente senza alcuna partecipazione. Dentro di lei si era scatenato un combattimento che non le concedeva un attimo di tregua: una parte di lei voleva preservare quella relazione che pure le aveva dato tanto, un'altra parte, invece, che andava sempre più delineandosi, ridimensionava la passione provata per lui.

Forse non era mai stata autenticamente innamorata di Matteo? Questo pensiero, come un tarlo nascosto dentro il legno, iniziò a intaccare la solidità dei presupposti che avevano sostenuto quella relazione rischiando di farla crollare giù come un vecchio mobile eroso.

D'un tratto, al termine dell'ennesimo rapporto subito, provò disgusto per l'odore di lui, l'odore dei cadaveri dei cavalli che gli restava impregnato addosso, e le divenne lucido ciò che nascostamente era stata la molla scatenante che l'aveva spinta fra le sue braccia. Sì, lei si era innamorata di quell'uomo che uccideva i cavalli e ne mozzava la testa perché, attraverso lui, realizzava il suo sogno invidioso infantile: distruggere il pene di suo fratello, quell'organo che a lei mancava e che più volte aveva desiderato le crescesse. E in quel momento l'ossessione dei cavalli che non le permetteva di esprimere la sua ricchezza interiore le sembrò affievolirsi. Sì, quell'uomo, il signore dei cavalli, che lei controllava attraverso la sua attività amorosa, le aveva permesso di realizzare la fantasia onnipotente e infantile: appropriarsi del pene di suo fratello, di suo padre e di tutti gli uomini della sua vita, senza dover agire la sua aggressività. Ma ora tutto le sembrava così stupido e puerile, così irrazionale e strano da sbalordirla, quasi che un terremoto interno avesse spazzato le vecchie case fatiscenti e inabitabili che popolavano il suo inconscio, consentendole ora di poter costruire degli edifici solidi e sicuri.

Nei giorni a seguire evitò di andare al macello e quando accadeva veniva assalita dal disgusto e da un disagio lacerante. Eppure ciò segnava la risoluzione dell'ossessione dei cavalli che aveva costretto la sua esistenza in un ambito limitato anche dal punto di vista artistico. D'improvviso prese coscienza che la sua notorietà ne avrebbe ricevuto un brutto colpo. Lei era la pittrice delle teste dei cavalli, era stato questo il particolare delle sue opere che l'aveva resa famosa. Magari in seguito avrebbe trovato altri soggetti. "Del resto tutti gli artisti evolvono" disse a se stessa per rassicurarsi, ma ormai le era chiaro che il suo benessere psicologico avesse la priorità su tutto.

Con il passare dei giorni realizzò che non era possibile trascinare ulteriormente quel rapporto. Ci rifletté a lungo, poi maturò che la cosa più giusta da fare fosse quella di lasciare Matteo.

Non fu facile trovare il coraggio per comunicargli la sua decisione, ma nel momento in cui lo abbracciò per l'ultima volta, capì di non avere più bisogno di quella modalità perversa con cui, inconsciamente, lo aveva manipolato.

E si sentì come rinata.

Lui

Quel maledetto incidente mi aveva portata a isolarmi da tutto e da tutti, a vittimizzarmi, a ripiegarmi su me stessa perdendo ogni interesse per la vita.

Fu allora che mia madre me lo fece conoscere, sperava potesse alleviare la mia depressione.

Dapprima ne fui fortemente contrariata. Mi sembrava così freddo, scostante, eccessivamente magro e lungo.

Nel primo contatto con lui fui colpita dal suo gelo; lo allontanai subito da me. Lo scansavo con raccapriccio e non ne volli più sapere per oltre una settimana. Ma poi, quando me lo ritrovai a lato, il mio malessere iniziò a smorzarsi. Mi stava accanto in silenzio. Una presenza rassicurante, quasi il surrogato di un angelo custode, tanto che presi a fidarmi di lui.

Quando lo toccai con la mano destra, lui si lasciò accarezzare e da allora cominciai, dapprima con titubanza, quasi a volergli bene, finché alla fine fui completamente sua. Capii di non poterne più fare a meno.

Lui mi permise di conoscere tante persone, sperimentarmi in cose nuove, illuminò con la sua calda e rassicurante presenza il buio fitto dell'eterna notte della mia solitudine. Mi consentì di proiettarmi all'esterno e di progettarmi un futuro che, insieme a lui, non sarebbe stato né oscuro né minaccioso.

Divenimmo inseparabili a tal punto da sentirmi schiava di lui. Chiunque lo vedeva – lui era così pallido e bianco – automaticamente sapeva che là c'ero anch'io.

Ricordo quel giorno in cui mi venne portato via da una ragazza imprudente e volgare. Sì, fu letteralmente trascinato via da me, e io rimasi là, smarrita, in mezzo alla strada, immobile, tremante e sola, incapace ad andare avanti senza di lui, abbandonata a me stessa. Ma il distacco fu breve, qualcuno capì che avevo bisogno di lui, e lui tornò a me.

Ne divenni succube, non smettevo mai di controllare che mi stesse a fianco. Anche la notte, quando mi svegliavo, allungavo la mano per essere certa che lui fosse là, vicino a me.

Il contatto con lui, che all'inizio mi angosciava, ora era dolcissimo. Mi aiutava sempre e chiedeva pochissimo in cambio. Certo anch'io però mi prendevo cura di lui con tutta me stessa. Non gli facevo mancare nulla; ne ero completamente dipendente, anche se attraverso lui acquisivo la mia indipendenza.

Era la cosa più importante della mia vita, era la mia stessa vita. Con il suo aiuto avevo imparato a riassaporare il piacere dell'esistere in tutti i suoi dettagli, anche i più piccoli e apparentemente sciocchi.

E quando morì mia madre – mio padre l'avevo già perso alla età di sei anni – fu lui a sostenermi e a guidarmi in quel momento di grande sconforto. Era solido, forte e massiccio. Mi potei appoggiare a lui durante il corteo funebre. E fu allora che, nonostante il grande dolore, mentalmente ringraziai mia madre per la premura affettuosa che aveva avuto nei miei confronti facendomelo conoscere. Sì, grazie a lui, non sarei rimasta sola.

Il tempo trascorreva e la nostra unione diveniva sempre più intima, direi quasi simbiotica, finché una sera, seduta in poltrona, glielo presi fra le mani. Lo facevo sempre di stuzzicarlo un po' prima di andare a letto. Ma...

Non era ben dritto come sempre, anzi sembrava afflosciarsi fra le mie dita.

«No, non è possibile» urlai, mentre un'angoscia profonda mi gelava il volto e le gambe tremolavano incessantemente. Sì, invece di rimanere ben rigido e saldo si piegava sotto la mia mano finché... non si staccò del tutto dalla sua asta.

«No... perché? Perché doveva accadermi questo?». Iniziai a piangere convulsamente.

Perché quel manico intarsiato si era staccato dal suo bastone candido ricacciandomi nella tremenda oscurità in cui quell'incidente a sedici anni mi aveva costretta? Sì, imprigionandomi nello sgomento indicibile della mia cecità, intrappolata in un mondo fatto di buio che lui, il mio caro bastone per ciechi, illuminava e rendeva meno pauroso. Sì, insieme a lui il mio universo fatto solo di buchi neri si era trasformato in un universo di colorate, iridescenti galassie.

E ora, lui, quel tenero amico, mi abbandonava, mi lasciava sola.

Era insopportabile!

Comprarne un altro non sarebbe servito a sostituirlo. Certo non sarebbe stata la stessa cosa.

Con lui moriva una parte di me.

Underground

Fiumicino-Heathrow, Heathrow-Fiumicino, Fiumicino-Heathrow... Sole-pioggia, pioggia-sole, sole-pioggia... E così di continuo, senza sosta finché i soldi glielo consentivano...

Ugo Palmeri nervosamente controllava l'orologio quel giovedì mattina, ancora due udienze e sarebbe stato libero. Infilava reiteratamente la mano destra nelle tasche dei pantaloni assicurandosi che il biglietto aereo ci fosse; distratto ascoltava l'arringa del pubblico ministero e la tenace replica della difesa...

Uscito dal tribunale, salì in fretta sulla sua Rover e di corsa all'aeroporto; l'imbarco del suo volo era già iniziato, le tonsille sembravano essere diventate delle camere d'aria che la pompa cardiaca accelerata gonfiava a dismisura impedendogli di respirare correttamente.

Ventottesima fila, l'ultima dell'aereo, posto A, accanto al finestrino; ce l'aveva fatta, stringeva fra le mani il *Times* controllando le temperature previste per il fine settimana. Tre giorni pieni a Londra non glieli avrebbe tolti nessuno.

Intanto che consumava la frugale cena offerta dalle linee aeree, si intersecavano nella sua mente il rosso, il giallo, il blu, l'azzurro, il marrone, il nero... Richiuse il tavolino sullo schienale del sedile anteriore e guardò l'orologio: ore diciotto e quaranta, e tenuto conto del salto di un'ora per il fuso orario immaginò eccitato le scale mobili affollate, le vetture ricolme, le spinte insistenti di corpi accaldati, le stazioni inebriate di odori umani. District Line, Northern Line, Victoria Line, Piccadilly Line, Circle Line...

Aveva smesso di alloggiare negli hotel della catena Radisson Edwardian, preferendo dapprima delle pensioncine economiche e finendo poi per affittare un miniappartamento in centro, nel pittoresco quartiere di Soho.

A Heathrow lo accolse un tiepido sole di fine settembre; filtrava debolmente fra le sfilacciature merlettate di un ammasso nuvoloso che poco prima aveva riversato la sua tensione inumidendo il terreno.

Il cerchio bianco circondato di rosso e tagliato al suo centro da una striscia blu su cui spiccava la scritta candida UNDERGROUND fece sbattagliare il suo cuore. E man mano che scendeva lungo la scala di accesso alla metropolitana si liberava di uno spesso strato di sé ingombrante e impermeabile, lasciando fluire in superficie le sue profondità più intime.

Una volta giù, il suo sguardo si posò sul cartellone che raffigurava le linee dell'Underground; si articolavano in più livelli nel sottosuolo londinese trasformandolo in un legno tarlato, in un pezzo di groviera, in un groviglio di tunnel brulicanti che congiungevano più punti esterni attraverso le calde viscere della terra.

E osservando i colori brillanti delle traiettorie che si dilungavano, curvavano, deviavano incrociandosi fra di loro, venne assalito da uno strano turbamento. Il suo sogno corporeo in technicolor desueto e imbarazzante avrebbe potuto trovare là come sempre un suo fittizio appagamento.

Il blu della Piccadilly Line che da Heathrow l'avrebbe condotto fino in centro riassorbì in sé la depressione che lo coglieva nell'attimo in cui attraversava il ponte mentale che gli consentiva il transito da un emisfero all'altro della sua personalità. E il recludere la porzione di sé che lo rappresentava in Italia a favore di un'altra, oscura e inquietante, richiedeva un prezzo da pagare: una profonda malinconia, una frattura di sé, una perdita incolmabile. Ma come sempre, una volta accomodatosi sulla vettura, si sentì libero e un eccitamento, ora, prevaleva man mano che si risvegliava quell'altro sé, incatenato e intrappolato, più volte negato e mai accettato.

E seduto rigustava gli odori a lui cari, esaltati e corretti dal particolare sistema di climatizzazione della vettura. A Leicester Square scese, ma prima di uscire all'esterno imboccò il passaggio per la Northern Line; camminava a lato dei binari in sua attesa e finalmente lo avvertì, se ne inebriò, lo assorbì. Il vento che precedeva l'arrivo del treno, l'alito palpitante di quella creatura meccanica giunse come sempre scompaginando le vecchie certezze e disvelando le nuove. Eccitato risalì le scale e uscì all'esterno; il brutto tempo che lo accolse non lo spaventò, ci si era oramai abituato.

Mentre s'incamminava verso il suo alloggio notò che le prime luci dei locali notturni avevano già preso a lampeggiare con le loro insegne accattivanti. Uno strano rumore attirò d'un tratto la sua attenzione: era un giovane cinese che come un forsennato pedalava un moderno risciò su cui comodamente sedeva un turista compiaciuto.

Pervaso dall'atmosfera inquietante di Soho giunse alla sua abitazione. E intanto che girava la chiave nella toppa controllò la piccola targa che campeggiava sulla porta. "Hugh Palmer", lesse soddisfatto ed entrò, relegando definitivamente Ugo Palmeri con i codici e le leggi, le sentenze e gli appelli in un compartimento blindato e inaccessibile della sua mente.

E i colori della vita sbiadita di Ugo si riaccendevano, ora, nelle tonalità sgargianti di quella di Hugh. Una rapida doccia ed era già fuori; ingurgitò velocemente un panino da McDonald's eliminando una mezza dozzina d'anni e s'incamminò verso l'Underground. Ma sì, solo qualche corsa fino alle ventiquattro, quando la laboriosa signora cessava di concedersi all'orda di viaggiatori per riposare fino alle cinque e trenta della mattina successiva. Giusto il tempo di assaporare quei colori a lui tanto cari: il rosso passionale della Central Line, il giallo della Circle Line, della stessa tonalità della sua vigliaccheria che gli evitava di confrontare le sue pulsioni con i suoi convincimenti morali, il verde della District Line simile alle sfumature verzicanti dell'antica gelosia infantile nei confronti del padre, il porpora della Metropolitan Line che esaltava la sua megalomania...

Come sempre programmò un articolato progetto per l'indomani; l'ultima corsa sembrò cullarlo in una piacevole ninna nanna.

La mattina successiva si alzò puntualmente. Non avrebbe perso nessuno dei momenti cruciali della giornata. E alle sette e trenta si scatenò nell'azzurro della Victoria Line. Era quello il colore che predominava nell'universo di Hugh, il colore della perversione che sbiadiva il blu della depressione miscelandolo con il bianco dell'onnipotenza, il bianco colore-non colore, il bianco summa dei colori che ingloba in sé lo spettro elettromagnetico del visibile.

Scelse la vettura che gli parve più affollata e se ne stette ben stretto, pigiato agli altri corpi; chiuse gli occhi e lasciò dispiegare il suo sogno corporeo, e le molteplici pressioni fisiche che stimolavano la sua tattilità risvegliavano in lui un eccitamento primitivo, insaziabile e ingovernabile. Gli scossoni della Victoria Line gli permettevano di strofinarsi al corpo della vittima, generalmente una donna dalle forme sinuose e procaci, di aderirvi con i suoi genitali immaginando di realizzare le più sfrenate fantasie sessuali. E se la vittima si spostava e veniva sbalzato su un altro corpo poco importava; l'importante era la tattilità dell'esperienza, il toccare, il rubare un contatto fisico prolungato all'altro corpo e poi le palpebre serrate a formare due sottili cicatrici lo aiutavano a seguire ordinatamente le sequenze della sua sceneggiatura mentale. Ed era la casualità e la non consensualità della vittima il carburante che lo faceva giungere al culmine, a terminare il suo sogno corporeo. E quando lo stridore dei freni lo informava della prossima apertura delle portiere si riaveva da quello stato di sospensione del giudizio e subito dopo, al ripartire del treno, riprendeva a sognare modificando le trame intrecciandole con orditi fantastici che dispiegavano un sempre nuovo tessuto mentale.

Intorno alle undici del mattino ritornò in superficie, il sole appariva di tanto in tanto alternandosi a piccoli rovesci di pioggia rilasciati da nubi plumbee che un vento a raffiche spostava sveltamente a oriente; le suole sguazzavano nelle piccole pozze sparse lungo il marciapiede.

Camminò a lungo, intorno a mezzogiorno divorò un hot dog acquistato all'uscita del British Museum e, dopo aver ancora vagato senza una meta, decise di fare una ricognizione dei percorsi della metropolitana. S'inabissò nel sottosuolo lasciandosi trasportare dalle scale mobili e parimenti s'invorticava in quella parte oscura di sé bramosa e palpitante. D'un tratto notò l'immagine pubblicitaria di *La febbre del sabato sera*; veniva rappresentata in teatro in quello scorcio di fine mese e sorrise scorgendo che un maldestro ragazzo aveva appiccicato una gomma da masticare a mo' di fallo sul cavallo dei pantaloni del ballerino. Ma un malessere affiorò improvviso e inspiegabile, Hugh imboccò il sottopassaggio per la Bakerloo Line e s'infilò a razzo nella vettura. Il marrone di quella linea sembrava avvolgerlo, colargli addosso imbrattandogli i pensieri, le fantasie. Entrò in contatto con una profonda sensazione di disgusto, era come se tutto si stesse trasformando in merda. E quel disgusto non apparteneva a lui bensì a Ugo; gli sembrava di percepire l'eco dei rimproveri, delle sentenze spietate di quell'altro sé confinato e distante...

Angosciato, a Baker Street scese giù e prese la Jubilee Line, la linea grigia, che smorzò e appiattì le sue emozioni. Ancora poco e ci sarebbe stata l'ondata del rientro a casa dei pendolari. Scese più volte; percorse la Central Line e il suo rosso riaccese la passione irrefrenabile, la East London Line il cui luminoso arancione sembrò dissipare del tutto le ombre del malessere passeggero di prima rinfocolando il desiderio mai sazio, appagato, la Circle Line e la District Line finché non arrivò l'ora.

Una marea brulicante riempiva interamente il marciapiede della stazione Victoria. Eccitato Hugh si preparava a fare il kamikaze, non sarebbe rimasto a terra. Quando il treno giunse, fra strattoni e urti, riuscì a conquistarsi un posto nella vettura; si appigliò con la mano destra al sostegno sferico che ricadeva dall'alto e lasciò dondolare lentamente il corpo che sfiorava, toccava, si strusciava, fondendosi quasi, con gli altri. E il suo sogno partì come sempre. Ma – occhi chiusi – percepì il ripetuto, prepotente sfregarsi di un altro corpo sul proprio, di dietro, e quel sogno estraneo interferiva spiacevolmente con il suo.

"Sarà un frotteurista" pensò infastidito tentando di proseguire imperturbabile lungo il suo percorso mentale. Ma l'interferenza si faceva più insistente, distorcendo e frammentando il suo rituale fino a interromperlo del tutto. A Warren Street balzò a terra, era confuso, imboccò il passaggio per la Northern Line, la linea nera. Il vento che precedeva l'arrivo della vettura avrebbe spazzato via tutto, l'avrebbe tratto fuori dall'underground delle pulsioni più arcaiche della natura umana, dalle quali si sentì all'improvviso imprigionato.

Ma un combattimento si agitava in lui, il magistrato corrodeva la chiusura metallica del comparto in cui era stato segregato, giudicava e condannava il frotteurista. Pensieroso, Hugh attendeva l'arrivo del treno. D'un tratto udì una voce: «Sua eccellenza Palmeri...».

Si girò di scatto, era un avvocato del foro di Roma a lui ben noto. In quell'attimo percepì il vento, il caldo respiro della locomotiva, un passo verso i binari e si lasciò avvolgere dal nero assorbente della Northern Line.

Il cenone

1.

«Valentina, hai preso una decisione? Lo passeremo insieme questo Capodanno? Guido e io ne saremmo felici.»

«Il tuo pensiero mi commuove ma, come ti avevo accennato l'altro ieri dal parrucchiere, ho già programmato di trascorrere l'ultimo dell'anno con mia sorella Eliana. Ti ringrazio tanto Olga, tu sei la mia migliore amica e me lo dimostri sempre. E, anche se saremo distanti, allo scoccare della mezzanotte del nuovo millennio ti sentirò vicina. Mi sei sempre stata accanto nei momenti più significativi della mia vita e lo sarai virtualmente anche domani notte. Voglio rinnovarti i miei più sinceri auguri di un felice anno nuovo, soprattutto di buona salute, a te e a Guido con la speranza che possiate trascorrere queste festività nella maniera migliore...»

Chiuso il telefono e indossato il suo ocelot, Valentina stava per uscire quando il trillo del telefono la bloccò di nuovo. Infastidita andò a rispondere: «Pronto». Pronunciò le "o" con un accento strettissimo, come a voler dimostrare la sua indisponibilità a parlare.

«Ciao, sono Eliana, ho chiamato per metterci d'accordo per domani sera.»

«Ma se ti ho detto che sono stata invitata da Olga perché continui a insistere?» le disse spazientita.

«Scusami, non volevo urtare la tua suscettibilità, buon divertimento allora. Non dimenticare di prendere le compresse» sottolineò la sorella non senza una punta di sarcasmo.

«È che stavo uscendo per fare delle commissioni ed è la seconda telefonata che mi costringe a tornare indietro. Scusami tu, è che sono un po' stanca, ti ringrazio per il tuo interessamento. Ti chiamo io quando rientro a casa, credo che mi fermerò da Olga per un paio di giorni. Ciao, ciao.»

Uscì velocemente e si recò al supermercato. Sì, quel cenone che aveva progettato di trascorrere insieme a suo marito sarebbe stato memorabile. Riempì il carrello in maniera indecente; faceva la fila alla cassa pensando alle pietanze che avrebbe preparato l'indomani sera. "Dunque, il cotechino c'è, il salmone affumicato anche, i ravioli... sì sì, ci sono... il prosciutto di Parma pure, una volta che Gianni mi recapiterà il pesce non mi rimane altro da fare che cucinare...".

«Signora, vada avanti con il carrello, non vede che è arrivato il suo turno?». La distolse dai suoi pensieri un'anziana megera con i capelli imbrattati di una pessima tintura casalinga e con delle rughe profonde che le avevano inciso il volto come se fosse stato messo ad arrostire su una graticola.

«Sì sì, un attimo» rispose contrariata Valentina dando un'ulteriore occhiata in tralice a quella brutta fetta di carne arrostita.

Rientrata a casa si sbizzarrì a preparare un trionfo di antipasti a base di melanzane e peperoni: piacevano tantissimo a Umberto, suo marito, un ingegnere di origine siciliana, conosciuto al primo anno di università prima di abbandonare gli studi.

Per fargli cosa gradita aveva smesso di cucinare l'immancabile polenta in tutte le sue variazioni e pian piano aveva imparato ad apprezzare i piatti mediterranei che lui amava.

Quella sera andò a letto felice, già pregustando l'incontro con il suo uomo.

2.

«Signora ho visto il frigo imbottito di cibi, aspetta gente a pranzo?» le chiese la mattina dopo Andreana, la sua domestica.

«No no, sono stata invitata al cenone di fine d'anno dalla signora Olga e, con la confidenza che c'è tra noi, ci siamo messe d'accordo che l'avrei aiutata a preparare qualche pietanza» rispose Valentina, «anzi ti prego di pulire le pirofile d'argento. È da un po' che non le uso.»

Più tardi...

«Signora le faccio tanti cari auguri per il nuovo anno, sperando che l'aiuti a superare questo brutto momento della sua vita. Ci rivediamo allora il 7 gennaio, al mio rientro da Rovigo» le disse Andreana andando via, poco prima dell'ora di pranzo.

Valentina cucinò tutta la mattina e il pomeriggio. Era particolarmente orgogliosa dello splendido effetto che faceva la sua anatra all'arancia. Riesumò dalla credenza la porcellana di Rosenthal, regalo di nozze di una cognata, la posateria d'argento e il servizio di bicchieri di cristallo; apparecchiò la tavola utilizzando una candida tovaglia ricamata a mano dalla nonna del marito, collocò per bene i candelieri d'argento secondo un amabile gioco di simmetrie, dispose un decoro fiorito come centrotavola, realizzando con raffinata sobrietà il suo progetto. Dopo una doccia rinfrescante s'abbigliò con lo stesso abito che aveva indossato alla festa di fidanzamento con il suo Umberto.

"Beh, a distanza di otto anni mi sta ancora perfettamente" diceva fra sé specchiandosi, compiaciuta di non dimostrare i suoi ventinove anni.

Una leggera velatura di ombretto le valorizzava la bellezza del volto acuendo l'azzurro degli occhi sottolineati da un filo di eye-liner; una spazzolata ai lunghi capelli dorati completò i preparativi di quel cenone.

Alle venti precise sentì giungere Umberto. Lo accolse festosamente, ne ammirava il nero corvino dei capelli resi brillanti da una leggera patina di gel; inebriandosi del suo odore, lo baciò e abbracciò con tenerezza, finalmente felice.

Un aperitivo in salone e lo fece accomodare nella sala da pranzo.

Comincia il cenone di Capodanno
Umberto inizia a gustare le portate in silenzio mentre Valentina si premura che tutto si svolga nel migliore dei modi. Dopo avergli servito il pescespada, cucinato come le ha insegnato la suocera, amorevole e sollecita gli chiede: «Amore, ne gradisci ancora un po'?» e, vedendo la compiaciuta espressione d'assenso di lui, gli porge la sua porzione.

L'osserva affascinata dai suoi occhi neri, penetranti, interamente presa da quella magica atmosfera. Approfitta della silenziosità di lui per parlargli; gli racconta i piccoli affanni di quel giorno slittando indietro nel tempo e, al termine del cenone, danza con lui gli stessi brani che avevano suggellato il loro amore durante la festa di fidanzamento.

Allo scoccare della mezzanotte un bacio infuocato e giù a bere lo spumante; a Umberto, infatti, non piace lo champagne.

Ed ebbra di desiderio, con slancio lo trascina a letto, utilizzando quelle armi seduttive che sa hanno un forte impatto emotivo su di lui.

E dopo averlo tanto vagheggiato, finalmente si sente prendere da lui, avvolgere dalle sue braccia, smarrire nel suo calore. Aspira intensamente l'odore penetrante che emana da lui sorridendo. Ricorda che, scherzosamente, quel suo "profumo" glielo ha fatto definire da sempre "il mio selvatico maschio terrone". Sì, perché la cosa che l'ha maggiormente attratta di lui è quella sua arcaica, maschia selvaticità a cui lei ha imparato docilmente a sottomettersi, apprezzandola, appagata. Avvinta a lui, rapita dai suoi aromi se ne rimane a letto a sognare per tutto il resto di quella notte.

3.

Il 3 gennaio Eliana diceva a Saverio, il marito: «Sono in pensiero per Valentina, non risponde al telefono.»

«Perché ti preoccupi? Non mi avevi detto che doveva trascorrere le festività a casa di Olga?»

«Sì, doveva passare il Capodanno da lei ma... Ora chiamo Olga, sono troppo in tensione.»

«Ciao Olga, scusa se disturbo, c'è Valentina da te?»

«No, non la vedo da prima di Natale.»

«Ma come? Non è stata da te per il Capodanno?»

«No, mi ha detto che l'avrebbe trascorso in famiglia, a casa tua.»

«Beh... beh, scusami devo chiudere, temo non stia bene» poi rivolgendosi a Saverio disse in preda all'angoscia: «Prendi la copia delle chiavi della casa di Valentina e andiamo. Non ha passato le feste con Olga!».

4.

Dopo aver a lungo bussato invano, Eliana decise di aprire la porta; entrando li accolse un puzzo di cibi avariati; il tavolo della sala da pranzo era, infatti, cosparso di numerosi piatti colmi di pietanze andate a male. Seriamente allarmata, Eliana iniziò a chiamare ad alta voce: «Valentina! Valentina, sei in casa?».

Si diressero verso la stanza da letto, ma un inaspettato scampanellio li bloccò. Eliana corse alla porta, sperava che fosse Valentina. Invece era Olga. Anche lei in apprensione dopo quella telefonata, era andata a sincerarsi che l'amica stesse bene.

«E allora dov'è Valentina?»

«Siamo appena arrivati, non credo che sia in casa, stavamo controllando...»

«Eliana! Eliana vieni!» dalla stanza da letto giunse l'appello di Saverio.

Al buio, sotto un groviglio di coperte si intravedeva un corpo mentre da una fessura fra il cuscino e le lenzuola fuoriusciva qualche ciocca di capelli biondi.

«Oddio no, non è possibile, non posso crederci che l'abbia fatto davvero» diceva Eliana non controllando le lacrime. Saverio, attonito, lentamente tirò giù le lenzuola e... La trovarono accucciata sotto le coperte, immobile, scavata e denutrita, cerea, gli occhi sbarrati, con sul naso e sulla bocca a mo' di maschera per l'ossigeno una scarpa di Umberto, senza reggiseno e con l'altra scarpa che fuoriusciva dai suoi slip dalla parte del tacco. Solo il suo lento sbattere delle palpebre li sedò: era viva.

«Valentina, cara, stai poco bene?» le chiese quasi sussurrando Olga mentre Eliana, ripresasi dallo spavento, iniziò a vomitarle addosso la sua aggressività: «Ma cosa diavolo stai facendo? Hai smesso di fare la cura non è vero? Aveva detto il dottor Blasco che dovevi continuarla per almeno altri sei mesi!». Poi, tentò di strapparle con violenza la calzatura che la sorella si ostinava a tenere ben adesa al volto, dalla sua parte interna. L'accoglieva su di sé con religiosa devozione al pari di una maschera che fantasticamente la confondeva con il marito, o meglio come un sacro simulacro, o piuttosto un feticcio che le consentiva di congiungersi a lui nell'illusorio, disperato tentativo di porre in questo modo riparo alle mancanze di parti del proprio sé.

Dopo essere riuscita nel suo intento, Eliana urlò: «Lo vuoi capire o no che Umberto è morto? Sì, tu lo sai bene che è morto da sei mesi. C'eri anche tu a Milano quando, dopo l'intervento al cervello per quel devastante glioblastoma, non si è più svegliato.»

«No, lui non è morto, abbiamo passato insieme il Capodanno» ribatté Valentina tirando fuori quel fil di voce che le era rimasto.

«E ora lui dov'è?»

«Mah, non so, è andato via all'improvviso e sono stata presa dalla disperazione... Per questo motivo ho cercato qualcosa che me lo ricordasse e in questo paio di scarpe estive che lui indossava senza calzini ho ritrovato il suo odore, lui stesso... Ho bisogno di lui, non posso vivere senza.»

«E ti sembra giusto stare con le scarpe di un morto nel letto? Saverio vai a prendere una busta per la spazzatura che le buttiamo così finisce questa farsa...»

«No, non farlo Eliana» disse Valentina soffocando le urla che rimasero impigliate fra le corde vocali. Poi, piangendo, aggiunse: «Ti prego, farò tutto quello che vuoi, ma non togliermi quest'ultimo ricordo che ho di lui. Se mi volete fare ricoverare di nuovo, fatelo... Subirò per amor suo.»

«Eliana e Valentina, ora basta. Dovete tranquillizzarvi. Siete entrambe molto scosse e non riuscite a ragionare» intervenne Olga. E sedendosi sul letto iniziò ad accarezzare la testa dell'amica dicendole: «Lo capisco che è difficile accettare l'idea di perdere un marito come il tuo, di soli trentadue anni e in venti giorni, per un devastante tumore maligno al cervello, che è arduo farsene una ragione e che è più che comprensibile entrare in uno stato di disagio psichico, ma lui è morto e non credo che umanizzare le sue scarpe te lo possa ridare. Credo, invece, che alimentare il ricordo di lui attraverso il suo odore, attraverso questa manipolazione della realtà, ti faccia solo del male. Io penso che percepire il suo odore ti faccia confondere la realtà con quelli che sono i tuoi desideri, le tue fantasie...»

«Ma io l'ho visto, lui ha passato il Capodanno con me, abbiamo ballato insieme, abbiamo ascoltato i brani che hanno scandito il nostro innamoramento e... abbiamo anche fatto l'amore...»

«Ritengo che tu desiderassi tanto rivederlo e passare un altro Capodanno insieme a lui che hai creduto realmente che lui fosse tornato» e, porgendole la mano, Olga aggiunse: «Se vieni nella sala da pranzo vedrai che c'è ancora il cibo sulla tavola. Lui non vorrebbe vederti in questo stato, ti amava troppo, per questo è giusto che tu ti curi, lo devi fare per la sua memoria, perché non è accettabile che la tua vita finisca a ventinove anni insieme alla sua.»

E quando Valentina prese parzialmente coscienza della veridicità delle parole dell'amica fece la valigia. Accettò di ricoverarsi per la seconda volta in quella casa di cura psichiatrica.

Sorretta dalle due donne stava per uscire di casa quando sentì risuonare una voce: «Valentina... Sarò con te...»

«Umberto... Umberto...»

Pesca subacquea

1.

Pinne ai piedi, maschera sugli occhi, boccaglio stretto fra i denti che mi permette di respirare senza dover fare ricorso alle bombole, fucile nella mano destra e una piccola fiocina a un uncino inserita in una cintura di plastica nera stretta in vita... Così me ne andavo pinneggiando lungo il litorale roccioso quella mattina della seconda metà di luglio.

Nonostante la mia vista non sia eccellente – avevo rinunciato alle lenti a contatto temendo di poterle perdere –, riesco a scorgere nelle anfrattuosità screpolate della scogliera sommersa, incrostata da alghe, coralli, e polpi, una moltitudine multicolore di pesci che sembra danzare strofinandosi su di essa quasi a volerla accarezzare. Sì, sì, ecco una piccola triglia nascondersi in un'ombelicatura che la accoglie come fosse una tana sicura; ora l'argentatura guizzante di un sarago attira la mia attenzione e mi induce a discendere verso il fondale arabescato da crostacei, posidonie, ricci e stelle marine; trattengo il respiro, colpo di reni e giù a inseguirlo, ma una volta sotto, il sarago è scomparso.

"Sono pesci furbissimi" penso contrariato quando, d'un tratto, osservo affiorare fra la vegetazione, da una piccola caverna lavica, il muso di un pesce, sembra una grossa tinca. Rimango perplesso...

"No, non può essere, le tinche vivono nei laghi; dev'essere una qualche varietà di pesci a me sconosciuta" rifletto perplesso. Non ho più ossigeno, risalgo in fretta in superficie, cerco di accumulare nei polmoni quanta più aria possibile e ridiscendo rapidamente incuriosito più che mai da quello strano incontro. Ritrovo laggiù quel muso boccheggiante, dilatato a dismisura, mostruoso; sono eccitatissimo.

"Sarà una preda favolosa! Dev'essere un esemplare di svariati chili!" fantastico, e intanto un brivido si diffonde dalla pelvi in tutto il mio corpo, come se mani invisibili mi sfiorassero seduttivamente. Lui, quel grosso muso di tinca si contrae e si rilascia ritmicamente in una sorta di richiamo ammaliatore. Sì, sì, il mio uncino potrebbe penetrarvi facilmente e poi potrei tirarlo fuori dalla sua tana. Ma devo fare in fretta, la riserva d'ossigeno sta per esaurirsi e non posso rischiare che lui scappi dalla nicchia in cui crede di essere ben nascosto. Sorrido pensando alla sua ingenuità mentre io, provetto pescatore, mi appresto a sferrare il colpo.

Aspetto con pazienza... Ora la bocca è spalancata, con un movimento secco e preciso infilzo trionfante la fiocina, già immaginando la faccia incredula dei miei amici alla vista di quel trofeo.

"Mah... No, no, cos'è?" vorrei urlare ma non posso, le parole restano invischiate fra le pliche delle corde vocali; l'acqua mi penetra dentro le narici, risale in alto prima di tuffarsi nella laringe, si diffonde nella trachea e attraverso i bronchi inizia ad allagarmi i polmoni. Soffoco! Soffoco! E intanto osservo quelle fauci spalancarsi. Devo fuggire! Sì, sì, fuggire al più presto prima che mi inghiottisca.

Una torbida opalescenza dell'acqua rimescolata convulsamente m'impedisce di vedere esattamente cosa stia accadendo. Forti colpi di reni e su, disperatamente, verso la superficie. Sì, sì, per fortuna ce l'ho fatta. Ma d'un tratto mi sento afferrare per una pinna, cerco di scalzarla, devo rimanere in superficie e raggiungere la riva.

Ma... diavolo! Sono risucchiato verso il basso, il mio cuore batte come un diapason impazzito, vibra come in preda a una crisi epilettica, infrangendo le barriere dell'angoscia.

Vengo trascinato a fondo, la mia riserva d'aria è esaurita. È la fine... E laggiù finalmente lo vedo.

"Aah! Aah! Cavolo, cos'è?" dico a me stesso, terrorizzato, mentre si delinea sempre di più nei suoi contorni. No, da non crederci, è...

Sì... è... un grosso utero minaccioso con la bocca spalancata e il collo dilatato, mentre attaccate alle sue tube tentacolari che vorticano agitate nell'acqua persecutoriamente stanno due grosse ovaie occhiute, sgocciolanti una mucillagine disgustosa. Mi scrutano con i loro occhi sinistri e mi esaminano attraverso impulsi a ultrasuoni con cui scandagliano il mio corpo e di cui percepisco un'eco distorta. Lo vedo ora ingrossarsi pronto ad accogliermi dentro di sé; le mie gambe vengono lentamente ma inesorabilmente inglobate al suo interno. Cerco di divincolarmi con gli ultimi sprizzi di energia che mi restano, ma è inutile; ingordo e spietato mi risucchia dentro di sé, e quando anche la mia testa è dentro, è il buio.

"Ma sì, divorami, facciamola finita al più presto..." dico fra me e me immaginando che lui decodifichi telepaticamente il mio pensiero. Sono rassegnato ma al contempo sereno all'idea che cessi il terrore panico che mi scompagina in una massa ondeggiante di frammenti pulsanti e disgiunti.

Dopo qualche istante, l'asfissia che mi aveva assalito nell'acqua facendomi quasi scoppiare i polmoni è scomparsa, sono al buio, là, dentro di lui. Ma sono ancora vivo, sento attorno a me le sue pareti calde, ci sbatto contro con il mio corpo, la mia angoscia si affievolisce; mi giungono dall'esterno strani suoni ovattati; non li riesco a identificare bene.

Non posso muovermi e, a dire il vero, ora neanche lo voglio, avverto come un tubicino che mi si avvolge attorno al collo e mi sembra aderisca a un braccio.

Mi scorrono rapidamente nella mente le sequenze fotografiche della mia vita mentre i pensieri si susseguono in sincronia con le immagini.

Ora nuoto al suo interno, non so se è lui a essere cresciuto a dismisura o se invece sono io che mi sono rimpicciolito. Poi, di colpo, vengo preso da un'angoscia indicibile... I miei pensieri sfuggono alla ragione, non riesco a controllarli, a riacciuffarli. È strano... si slegano dalle loro concatenazioni logiche, ondeggiano scissi nella psiche, precipitano frammentandosi nei crepacci dell'inconscio, in particole rimbalzano all'esterno, esplodono, si disintegrano nella miriade dei loro più intimi costituenti naufragando impazziti nell'oceano della mente.

Non sono più io! Ho paura! Ho paura, tanta paura!

«No, per favore, questo no...»

2.

Venti giorni dopo, una luce abbagliante colpisce aggressiva le mie palpebre. Apro gli occhi, il buio è scomparso, non riesco a capire dove mi trovo.

Sono a letto e ho una fastidiosa flebo attaccata al braccio destro, mi sento arrugginito; inizio a muovermi come risvegliandomi da un lungo sonno.

Un giovane con una tuta bianca, dopo avermi guardato, dice ad alta voce: «È uscito dalla catatonia».

Vengo poi attorniato da un nugolo ronzante di camici bianchi. Scopro di essere ricoverato in ospedale. Mi dicono di essere stato portato da un'ambulanza in stato di arresto psicomotorio e m'invitano ad assumere delle compresse, ma io non lo faccio. Beh... dopo che un medico mi minaccia di trattenermi là dentro, fra le sbarre di quel reparto di psichiatria, le ingoio, vince lui. Sì, è *lui* il più forte e io da vinto gli sono assoggettato. Maledizione!

Tre giorni dopo, alla dimissione, mi spiega: «Per evitare ricadute dovrà continuare ad assumere le compresse di Risperidone, due al dì, una la mattina e una la sera...» parla, parla, compiaciuto di ascoltarsi, esaltando l'efficacia di questo psicofarmaco. Mi scrive la ricetta e compila un certificato di ricovero giustificativo della mia assenza sul posto di lavoro. Mentre lui viene distratto da una telefonata leggo la diagnosi riportata sulla mia cartella clinica: schizofrenia catatonica.

Dopo aver promesso, incrociando le dita dietro la schiena, che mi sarei ripresentato la settimana successiva, sono fuori. Strappo la ricetta, mica sono scemo a prendere quelle droghe, schizofrenico lo sarà lui; il certificato di ricovero invece lo conservo bene nel portafogli.

Rientro a casa e decido di andare a mare. Sì, il mare, è tutta la mia vita. Questa volta scelgo però di pescare con la canna.

Certo, non mi sarei fatto fregare una seconda volta da quel mostro marino.

Il viaggio

Era da tempo che sognavo di fare quel viaggio. Sì, un lungo viaggio alla ricerca di lei, sì proprio lei. L'avevo intravista da ragazzo – credo avessi diciannove anni – avvolta in un attillato abito nero che ne metteva in evidenza la sinuosità delle sue forme seducenti. Indeciso, non avevo avuto il coraggio di afferrarla, di farla mia. Le mie insicurezze e la paura, allora, mi avevano bloccato. Ma qualche traccia di lei, il bisogno di lei, l'aroma che emanava da lei erano sempre rimasti profondamente dentro di me, nascosti sì, ma mai cancellati del tutto.

Per distrarmi da lei mi ero immerso con successo negli studi universitari, avevo anche avuto più storie con coetanee che al suo confronto erano scialbe e incolori. Nessuna, infatti, neanche lontanamente riusciva a incarnare il suo carisma né possedeva la sua imparzialità. Nei momenti di crisi però riaffiorava prepotente il ricordo di lei. Poi la laurea in scienze politiche e il lavoro in ambasciata. Lì avevo conosciuto Eleonora. Dapprima solo attrazione fisica, tramutatasi in seguito in una passione travolgente al punto da farmi dimenticare di lei. Dopo sei mesi avevamo messo su casa progettando il nostro futuro insieme, ma, poco dopo, una maledetta sciagura aveva posto fine alla nostra storia. L'elicottero a bordo del quale si trovava Eleonora, durante una missione in Indonesia, era precipitato non lasciando scampo a nessuno dei suoi occupanti. All'inizio avevo rifiutato di credere che fosse vero, poi pian piano mi ero rassegnato ad accettare la realtà, e avevo ripreso il lavoro mostrando una forza d'animo che lasciava stupiti i miei colleghi. Ma dentro di me poco alla volta era affiorato ancora una volta il bisogno di lei, del mio primo amore, come se solo attraverso l'incontro con lei avrei potuto superare il dolore della perdita di Eleonora dando uno scopo alla mia esistenza.

Ci avevo pensato a lungo e ora avevo deciso di andarla a trovare, costasse quel che costasse. Più che mai desideravo ardentemente precipitarmi da lei, volare da lei, abbandonarmi in lei. Quello ormai lo consideravo l'unico scopo della mia vita.

Nella mia città avevo più volte visitato la villa monumentale dove spesso lei tornava a portare alcuni suoi ospiti. Tre grandi cancelli incastonati in una superba architettura gotica la delimitavano e, quando era possibile accedervi, rimanevo sempre preso dalla strana, arcana sensazione di entrare quasi in contatto con lei attraverso le marmoree sculture e le puntute conifere che troneggiavano nell'ampio parco.

A bordo della mia elegante autovettura nera metallizzata, mi misi in viaggio al primo albeggiare di un lunedì di novembre. Il tempo non era dei migliori, una nebbiolina rada combatteva, aiutata da un vento ululante, contro i primi raggi di un sole pallido che stentava a sorgere.

Percorsi chilometri e ancora chilometri, centinaia di chilometri. Attraversando un ampio viadotto sulla strada che da Roma porta a L'Aquila mi sembrò di scorgere le sue tracce. Mi sbagliai e proseguii a divorare il gelido asfalto del litorale adriatico. Giunto a Venezia sterzai a sinistra per arrivare dapprima in Liguria, poi in Costa Azzurra e infine in Spagna.

Stanco e affamato continuavo a guidare imperterrito. Alla fine, stremato, fui a un tratto preso dalle note di un bolero che echeggiava in lontananza. Sì, sì, lei doveva essere nelle vicinanze e, dopo aver svoltato, la vidi in fondo a quella strada panoramica a strapiombo sul mare.

Finalmente l'avevo trovata!

Un simpatico muretto sgretolato proprio là, nel tratto in cui la strada piegava a destra, me la faceva ammirare in tutto il suo splendore.

Quella stupenda curva da cui precipitarmi con la mia vettura l'avevo finalmente rintracciata! Non c'erano odiosi guardrail a proteggerla da chi, come me, desiderava ardentemente raggiungerla.

Percorrevo la strada lentamente assaporando i pochi attimi che mi restavano prima dell'incontro con lei. Quell'incontro che da anni alimentavo ossessivamente con stupende fantasie.

Già mi vedevo andarle dritto incontro, volteggiare come una variopinta farfalla nell'aria, in quel volo, in quel tuffo carpiato che mi avrebbe portato da lei.

Avevo disattivato l'airbag, ma la cintura l'avevo ben stretta intorno al torace, non volevo sfracellarmi del tutto. È unica la possibilità che si ha nella vita di trapassare in lei e quindi l'idea di restare agonizzante per qualche istante o più mi eccitava. Avrei maggiormente assaporato la fusione con lei.

Un ultimo colpo sull'acceleratore e via verso quel balzo nell'oscurità avvolgente che iniziava già a pervadermi.

Mah... diavolo! Che succede?

La benzina è finita, le ruote anteriori sono in bilico, l'auto ondeggia ma non cade.

Penso di scendere dalla macchina, dare una piccola spinta e poi, una volta rientrato, agitarmi sul sedile come se stessi copulando con lei, per sbilanciare la vettura e precipitare finalmente giù.

Scendo, spingo, ma poi mi vien voglia di guardare sotto. È una giornata di sole, il mare è di un vellutato colore smeraldo. Cammina sulla spiaggia una splendida donna bionda, la vedo sorridermi, mi dice: «Resta! Combatti! Perché vuoi lasciarmi?» mentre un delicato profumo che m'inebria si diffonde da lei.

D'un tratto quell'altra lei, desiderata allo spasimo per anni, si tramuta in una strega obbrobriosa. Percepisco di essere intrappolato in un perfido incantesimo che mi ha privato di quella soave fanciulla di cui solo ora avverto il richiamo vitale.

Scorgo sulla spiaggia degli stracci neri, un fetore putrescente m'invade mentre prende corpo quella lurida puttana che, non risparmiando nessuno, va con tutti.

«No, non mi avrai morte maledetta!» le urlo e finalmente riesco a piangere e con le lacrime va via anche quella insana voglia di lei.

Riaffiora la speranza mentre gusto il caldo abbraccio di quella bionda. Sì, mentre lei mi avvolge sperimento la gioia dell'esistere.

Pirloffo

1.

Alma non era serena quella mattina, faceva scivolare l'eye-liner all'interno delle palpebre e rifletteva contrariata. I capricci del destino! Orlando più volte l'aveva rassicurata, le aveva detto che con Ileana era tutto morto e sepolto da anni, ma il sapere che lei, una sua ex, avrebbe lavorato lì, insieme a loro, non riusciva a digerirlo per davvero. E poi c'era sempre il timore che così come aveva lasciato Luisa, sua moglie, per lei, lo stesso avrebbe potuto rifarlo per un'altra donna.

Alma era conscia che la sua era una sciocca preoccupazione, una paranoia inconsistente, eppure non le era possibile liberarsi da quel pensiero tormentante. Aveva finalmente raggiunto una certa tranquillità dopo anni di un estenuante tira e molla; dopo attese intrise di speranza che si traducevano in bollenti frustrazioni, era riuscita a dare un significato a quella relazione. Orlando si era infine separato dalla moglie ed era andato a vivere con lei. E ora tutto sembrava franare. Di nuovo! Quella stronza, se non avesse rimesso tutto in discussione, di certo sarebbe stata quantomeno importuna con il carico di ricordi che avrebbe risvegliato nella mente del suo uomo. Una sconveniente intromissione nella loro vita! Se non altro le risultava difficile capire come Ileana Bindi avesse deciso di lasciare Piacenza, la sua città d'origine, per trasferirsi a Milano.

«Si è lasciata dal marito e vuole cambiare vita...» aveva sentito dire al dottor Tirelli, il primario, quando aveva annunciato l'arrivo in reparto di quella nuova collega. E proprio lì da loro doveva ricostruire la sua vita? Un cuculo approfittatore, ecco come gliela configurava la sua mente.

Le notti che precedettero l'arrivo di Ileana furono disturbate e interminabili come quelle passate sulla cuccetta di un treno sferragliante. La mattina del fatidico lunedì, Alma era particolarmente pensierosa mentre preparava la colazione a Orlando.

«Ancora preoccupata?» le domandò lui.

«Affatto» rispose seccamente e prese a sguazzare con le mani nell'acquaio.

Al pari di un'attrice, Ileana prese servizio con una buona mezz'ora di ritardo.

Alta, occhi blu e capelli neri, una pelliccetta buttata lì, sulle spalle, che l'atteggiava a diva anni Quaranta, suscitò un'istintiva repulsione ad Alma e poi con quella cesta da cui sbucava un cucciolo sembrava si stesse recando sul set per la ripresa di una scena di un film che non al posto di lavoro. Orlando la salutò con gentilezza evitando però ogni effusione che potesse risultare fastidiosa ad Alma.

«Ho perso tempo in amministrazione» si era giustificata con il primario e poi si era defilata nello spogliatoio dei medici.

Quando rientrò nella medicheria si scusò con i colleghi: «Gli operai devono completare i lavori di ristrutturazione dell'appartamentino che ho affittato, non sapevo a chi lasciare Pirloffo» e indicò il cucciolo. «Non vi darà alcuna noia». Prese quindi a interessarsi dei casi del reparto.

Il cagnetto, un batuffolo profumato di pelo fulvo, se ne stava buono buono in un angolo, guardava con i suoi occhioni lucidi Alma e Orlando, e solo quando l'uomo gli fece un cenno gli si avvicinò, gli si strusciò fra le gambe iniziando poi a odorargli con impegno e avidità il pellame delle scarpe.

Era tenero, delizioso e invitante a tal punto che Alma non seppe resistere, si chinò e lo accarezzò mentre il piccolo la fissava intensamente. Ebbe un capogiro, si rialzò e commentò: «Devo avere la pressione bassa, andiamo al bar?».

Orlando scattò in piedi e invitò anche Ileana che accettò con piacere, mentre Alma friggeva nell'olio del disappunto. La discussione, per ovvi motivi, s'incentrò su Pirloffo.

«È di un'antica razza asiatica, un kujubez. Credo di essere l'unica italiana a possederne un esemplare» si vantò la Bindi mentre il piccolo barcollava scuotendo la testa e strofinando il musetto sulle mani dei colleghi protese ad accarezzarlo, suscitando un moto istintivo di tenerezza.

L'acutezza del suo sguardo sembrava ipnotizzare Alma, solo l'arrivo di Giancarlo, un altro medico, distolse l'attenzione dal cane; quindi rientrarono in reparto chiacchierando allegramente anche se un leggero mal di testa non abbandonò Alma per tutta la giornata.

Con lo scorrere dei giorni il cagnetto diventò una presenza costante, la mascotte della divisione di medicina. Una mattina ad Alma sembrò più piccolo: «Ha fatto la toilettatura ieri pomeriggio» spiegò Ileana.

Seppure Orlando si comportasse normalmente, Alma non era serena, era entrata in paranoia e, conoscendo l'esuberanza del suo uomo, quando era presente Ileana, arrivava al punto di fissargli il cavallo dei pantaloni per scorgervi un qualche turgore che potesse avvalorare i suoi sospetti. Lei, all'inizio della loro relazione, aveva notato questo dettaglio tutt'altro che irrilevante quando gli si accostava.

E quando Tirelli quel pomeriggio convocò Ileana e Orlando nella sua stanza, Alma si lasciò andare con Giancarlo.

«La mia vita sta diventando un inferno. Hai visto come cerca di sedurlo?» esplose non appena il collega ebbe chiuso la porta.

«Ho anche visto come Orlando si comporti correttamente, non credo debba preoccuparti più di tanto...» sottolineò l'uomo.

«Non ne sono così convinta» ribatté lei e dalla cesta sbucò fuori Pirloffo che le si strusciò sulle gambe come per confortarla. Alma lo prese in braccio e sembrò calmarsi, quegli occhi neri e brillanti che la fissavano con ipnotica dolcezza la rassicurarono. Dopo qualche minuto si sentì bussare alla porta, il piccolo sgusciò dalle sue braccia e si andò ad accucciare nella sua cesta mentre entravano cicaleciando Orlando e Ileana. Infervorato lui presentò ad Alma e Giancarlo il progetto di lavoro discusso con Tirelli che, se portato a compimento, avrebbe rimpinguato i loro stipendi. Quando Ileana andò via, Alma disse a Giancarlo: «Pirloffo sembra più piccolo non è vero?»

«Ma va là...» ironizzò il collega.

Anche dopo la fine dei lavori di ristrutturazione dell'appartamento, Ileana continuò a portare con sé Pirloffo, ma lo teneva chiuso in un'ampia borsa e, quando riusciva a sgusciare fuori, ad Alma sembrava sempre più minuto, come se si restringesse piuttosto che crescere.

Per Natale, come di consueto, tutti i colleghi del reparto si scambiarono gli auguri e dei piccoli doni durante l'annuale festicciola che imponeva il primario. Ad Alma non sfuggì di notare, mentre Ileana apriva il suo borsone per prendere i regali, il luccicore degli occhi di Pirloffo divenuti piccoli come coccinelle. Come faceva a rimpicciolirsi?

Il periodo delle festività fu un vero inferno per Alma: non dormiva la notte e in ospedale si sentiva spiata. Di tanto in tanto le sembrava di scorgere gli occhi di Pirloffo che la fissavano, ma il piccolo ora non veniva più condotto in ospedale da Ileana. Si sentiva confusa, aveva perso la sua capacità di concentrazione e poi una fastidiosa cefalea non l'abbandonava mai. Orlando era stanco dei suoi continui sospetti e approfittò del fatto che avrebbe dovuto passare una settimana con Saverio, il figlio nato dal matrimonio con Luisa, per starsene quasi sempre fuori casa.

«Non puoi rompermi i coglioni tutti i giorni!» le urlò una sera spazientito dopo che Alma gli aveva sputato addosso certe calunnie secondo le quali lui era stato visto felicemente accomodato a un tavolino di un noto bar del centro con Ileana e il piccolo Saverio. «Ci siamo incontrati per caso... Ti sta dando di volta il cervello?»

2.

«Non so cosa mi stia accadendo... È tutto così strano...» si confidava con Giancarlo. «Ti sembro esaurita?»

«Stressata, forse.»

«Una pazza come sostiene Orlando?»

«Ma cosa vai a pensare? A me sembri lucida e acuta come sempre. Ileana ha un comportamento a dir poco equivoco...»

Con il trascorrere dei mesi la situazione degenerò sempre più, la cefalea e i malesseri di Alma così come i suoi sospetti andarono sempre più accentuandosi, tanto che Orlando aveva deciso di farla sottoporre a un esame specialistico, una TAC encefalo, che però escluse ogni patologia organica che potesse giustificare il suo stato.

Quella sera, dopo cena, riponendo in un cassetto il referto dell'esame, Orlando le suggerì: «Forse dovresti chiedere un consulto al collega Brognani...»

«Lo psichiatra?»

«Potrebbe aiutarti a superare questo momento difficile...»

Alma non fece commenti, ma l'indomani mattina si sfogò ancora una volta con Giancarlo: «Forse sto impazzendo veramente, mi sembra sempre di vedere gli occhi di quella bestiaccia.»

«Quale bestiaccia?»

«Pirloffo, no?»

Giancarlo non disse nulla ma la incoraggiò a sottoporsi a quella visita, gli sembrò che soffrisse di allucinazioni. Eppure credeva che un fondo di verità ci fosse nelle parole della collega, la conosceva troppo bene e poi non gli sembrava minimamente paragonabile alle pazienti schizofreniche che aveva osservato quando aveva fatto l'internato in clinica psichiatrica.

La situazione peggiorò ulteriormente, i mal di testa di Alma erano sempre più intensi e frequenti, più volte aveva avuto degli scontri con Ileana tanto che il dottor Tirelli le aveva suggerito di mettersi in aspettativa, ma lei non seguì quel consiglio.

Un pomeriggio mentre era in stanza con Giancarlo rivide quegli occhi malefici, con noncuranza li indicò al collega che li percepì di sfuggita.

3.

In vacanza a Portofino, Giancarlo andò a trovare una sua amica appassionata di esoterismo e magia, le parlò dell'accaduto e questa sembrò incuriosita e interessata, per nulla stupita di quel racconto.

«Questa storia del cane non mi è nuova, credevo fosse una leggenda e invece... Aspetta, aspetta...». Rientrò in stanza dopo qualche minuto e dopo aver sfogliato un vecchio libro disse: «Sì, ecco dove avevo letto questa storia. In Tibet fino al 1500 viveva una setta di stregoni, i tracudi, che si avvalevano per la loro magia nera di una specie di cani estinta nel XVII secolo...»

«E questi cani avevano la possibilità di rimpicciolirsi?»

«Mah... credo di sì se sottoposti a un rito di negromanzia...»

«Grazie, grazie, parlare con te mi sta facendo capire molte cose...»

Rientrato a Milano, Giancarlo non perse tempo, contattò telefonicamente Alma che gli sembrò, per la sua voce fievole, ancora più spenta. «Domani ci sarai in ospedale?» le domandò senza dare altre spiegazioni.

«Se mi sento.»

«Devi sentirti, ho da dirti qualcosa d'importante. T'interesserà...»

La mattina seguente, non appena furono rimasti soli, Giancarlo prese Alma per la mano e le disse: «Avevi ragione.»

«A cosa ti riferisci?»

«Ai tuoi sospetti su Ileana e Pirloffo. Quella donna ti sta facendo del male e utilizza il suo cane. Dobbiamo cercarlo, sono sicuro che è qui anche in questo momento.»

«Cosa?»

«Sì, è così. In Tibet in passato vivevano i tracudi... Allevavano una specie di cani... Ora hai capito? Pirloffo diventa sempre più piccolo per farti del male... Cerchiamolo ed eliminiamolo.»

Alma era confusa ma ritrovò in sé delle energie che pensava di avere smarrito per sempre. Frugarono dappertutto, quando in fondo a un cassetto videro un animaletto non più grande di un topino.

«Eccolo! Eccolo, l'ho trovato!» urlò Alma. I suoi occhi neri e brillanti erano inconfondibili. Immediatamente però percepì un forte mal di capo. E quando il collega le fu accanto lo avvertì: «Non lo guardare negli occhi, è con quelli che ti ammalia».

Giancarlo lo vide nascondersi fra le carte sparse ma riuscì ad afferrarlo e senza guardarlo disse ad Alma: «Ora lo ammazzo» e prese a stringerlo forte fra le mani, ma quello con un guizzo si divincolò e saltò a terra. L'uomo lo inseguì e lo ridusse in un angolo. Gli affondò sopra la suola mentre Alma lo incitava: «Schiaccialo! Schiaccialo!». Ma Giancarlo perse d'improvviso l'equilibrio – Pirloffo era diventato ancora più piccolo, una sferetta simile a una biglia – e cadde all'indietro battendo violentemente la testa. Alma allora afferrò un tagliacarte d'argento e cominciò a inseguire Pirloffo, stava per infilzarlo quando il malefico cane le lanciò uno sguardo con i suoi occhi brillanti e ipnotici. Alma ebbe una vertigine, barcollò e cadde svenuta trafiggendo con il tagliacarte il cuore di Giancarlo.

Quando Ileana e Orlando li trovarono mezz'ora più tardi non ebbero dubbi. Alma in preda a un raptus aveva assassinato il collega e tutte le strane storie di stregoni e di cani che si rimpicciolivano erano solo farneticazioni che non facevano altro che confermare la sua follia.

«È entrato nel mio cervello, mi morsica dappertutto, divora i miei pensieri...» urlava mentre la trascinavano via.

4.

Un anno dopo si celebrarono le nozze di Ileana e Orlando.

«Ti ringrazio per tutto quello che hai fatto per me» sussurrava Orlando a Ileana in attesa dell'aereo che li avrebbe portati in Tibet per quel loro originale viaggio di nozze.

In manicomio criminale Alma intanto si spegneva lentamente giorno dopo giorno, non riusciva più a dormire perché quel maledetto abbaiava di continuo nella sua testa. Ma quella notte, dopo una dose massiccia di sedativi sprofondò nel sonno. Sognò Orlando e Ileana addentrarsi in un antico monastero dalle architetture a lei sconosciute e scendere in uno scantinato rischiarato dalla luce tremolante di candele di cera nera. Vide Orlando assopirsi e quella strega ardere delle antiche pergamene mentre fra le fiamme sbucavano gli occhi supplichevoli di Pirloffo che invocavano la grazia. «Alma, solo tu mi puoi aiutare» la pregava, «uscirò dalle tue lacrime... Sarò il tuo kujubez fedele...».

Alma si svegliò di soprassalto, al braccio destro aveva attaccata una flebo, allungò la mano sinistra sul comodino e trasse un libro, ne strappò la copertina di cartone plastificato e la accostò all'angolo dell'occhio destro che percepiva umido raccogliendone la lacrima che vi indugiava. Dopo un attimo di esitazione alzò la camicia da notte e la lasciò scivolare nell'ombelico e se ne stette immobile. Quando le staccarono la flebo fece in modo di trattenere un po' del cerotto con cui le era stato fissato l'ago al braccio e lo utilizzò per chiudere l'ombelico come a volerlo rendere una confortevole incubatrice. La sera, quando fu sicura che le altre pazienti dormivano, lo strappò via. Un granellino peloso e fulvo le sbucò fuori dall'ombelico e prese a rotolarle sull'addome. Riconobbe subito quegli occhi neri e lucidi che le sorridevano...

Il gufo

Scricchiolii stridenti, fremiti sussurranti, ululati da foglie scompaginate dal vento impietoso di quel gelido inverno, mi risvegliarono dal mio caldo sonno ristoratore.

Una nebbia densa sfaldava i contorni della realtà che sembrava danzare fluttuando sotto i raggi deviati di una luna tremolante.

Un'inquietudine mi contaminava mentre estendevo e flettevo le mie zampe accartocciate dal freddo per far refluire meglio il sangue; con il becco mi ripulivo il piumaggio dai granuli di terra e dalle piccole scorie che il maltempo di quel pomeriggio aveva fatto entrare nel mio nido confortevole.

Strizzavo per bene gli occhi cercando di mettere a fuoco in quel chiarore angosciante.

Per nulla al mondo sarei voluto essere diverso da quello che ero: un gufo. Sì, proprio un gufo, o meglio, un gufo sapiente, come malignamente ironizzavano Teri e Tato, i miei vicini di nido nonché miei migliori amici. Certo loro avevano un più bel piumaggio rispetto al mio, ma la mia capacità di volare nelle tenebre, di cogliere ombre sfumate nel nero assorbente della notte, credo fosse per loro motivo d'invidia.

Nell'attesa che facesse buio mi crogiolavo nel nido pensando con simpatia a loro quando un borbottio dello stomaco mi stimolò a uscire.

Spettri sbiaditi di un mondo sommerso scortavano con la loro evanescente presenza lo sbattere delle mie ali nella notte.

Un piccolo geco grassoccio era già finito nella mia pancia quando un lamento che trascolorava quasi in un canto mi fece abbassare incuriosito.

Era un piccolo, leggiadro bocciolo di narciso bianco.

«Cos'hai?» gli chiesi premuroso.

«Ma non lo vedi da te? È la fine, è la fine del mondo. Non c'è più scampo. Tutto si è trasformato, ho paura, paura!» urlava mentre il suo stelo s'inarcava e assottigliava in un moto di terrore. Ondeggiava tutto freneticamente rischiando di spezzarsi.

«Sta' tranquillo. È solo una notte di maltempo, una notte di bufera. Domani sarà diverso, tornerà a risplendere il sole.»

«No, no, non è così. Non vedo più nulla. La realtà sta scomparendo risucchiata da una forza misteriosa. Ma sì, sì, ci sono degli alieni che si stanno impossessando di noi e ora, dopo aver deformato tutto quello che mi circonda, hanno iniziato ad aspirare le cose, a disgregarle per poi assorbirle. Oddio, lo sento, mi stanno invadendo, serpeggiano in ogni fibra del mio gambo, in ogni cellula del mio calice. Aah!» non riuscì a completare la frase mentre lo vedevo contorcersi pericolosamente su se stesso.

Mi allontanai sbattendo in fretta le ali. Dovevo fare qualcosa, rischiava di perdersi completamente nel suo terrore. Dei legnetti strappati dal vento mi fecero venire un'idea...

Costruii intorno a lui un riparo, una piccola parete che lo proteggesse dall'impetuosità degli agenti atmosferici, e nel frattempo gli parlavo piano tentando di restituirgli un briciolo di serenità. Lui smise di fremere riuscendo lentamente a sollevare la corolla, quando...

Un rumore sincopato, un fastidioso ragliare mi svegliò.

Era il telefono. Intontito risposi. Alba, un'infermiera, mi comunicava preoccupata: «Dottore, venga in corsia, la paziente Bressi presenta una crisi psicotica».

Mi alzai e mi avviai in reparto. Trovai Alice Bressi, una ragazza ventenne, a terra, in ginocchio, nuda, le braccia avvolte attorno al torace come a proteggersi da qualcosa che esisteva solo nella sua mente, tremava impaurita. Un pallore lunare si spandeva dal suo corpo sbiancando le ombre e creando un'atmosfera di estraneità sinistra ed enigmatica.

«Mi vogliono annientare, uccidere. Nooo!» urlava.

«Chi?» feci io assonnato e anche un po' infastidito per essere stato distratto dal sogno.

«Gli extraterrestri! Da giorni sento le loro voci. Parlano fra di loro e stanotte hanno deciso di rubarmi il pensiero. Hanno iniziato a riprogrammare la mia mente...» parlava contorcendo il corpo e scuotendo la testa quasi fosse colpita da folate di vento di bufera. D'un tratto mi parve il narciso del sogno e io, ritrovando il gufo dentro di me, iniziai ad ascoltarla calmo, senza la pretesa di modificare i suoi pensieri, accogliendoli dentro di me e restituendole delle breve frasi che in qualche modo potessero tranquillizzarla. La sua angoscia iniziò solo in parte a stemperarsi tanto che lei slacciò le braccia. Il suo corpo vibrava, sussultava e anche la sua voce prese a tremolare prima di esplodere in un pianto disperato.

«Alba per favore, metta il pigiama alla ragazza e la aiuti a rimettersi a letto» dissi all'infermiera. Non appena Alice fu distesa continuai a parlarle, ma mi fu subito chiaro che le parole da sole non sarebbero riuscite a risolvere la crisi.

«Alice, lei è molto spaventata, vorrei darle delle gocce per tranquillizzarla un po'. Le prenderà?» le chiesi per evitare che il mio intervento venisse interpretato come un ulteriore attacco alla sua integrità psicologica peraltro già compromessa. Lei assentì in silenzio. Andai in medicheria, lasciai scivolare venti gocce di un antipsicotico nel bicchiere, che, come il recinto fabbricato coi legnetti nel sogno, le avrebbero potuto fornire un temporaneo riparo dalla tempesta emotiva che le si agitava dentro, quindi volai da lei.

Mentre glielo porgevo, le nostre mani si sfiorarono e in quell'istante mi sentii attraversare da una scarica elettrica. In contemporanea iniziai a percepire delle strane voci deformate e dal timbro metallico che dialogavano fra di loro per poi esplodermi nella mente.

Libri?

Albina guardò l'orologio accorgendosi solo allora quanto fosse tardi. Scorse sul tavolo, vicino la macchina da scrivere, i due biglietti per il concerto rock a cui Flavio teneva tantissimo ad andare e, alzatasi di scatto, si valangò sotto la doccia e poi sotto il vento afoso del phon.

Ore venti e dieci minuti: era già pronta quando lui giunse a casa sua.

«Scendi» le disse conciso al citofono.

Lei, affrettandosi, andò nello studio per prendere i biglietti ma non riusciva a trovarli. Serrando l'unghia del pollice destro fra gl'incisivi, rifletté per un istante e prese a cercarli sul tavolo, fra i libri sparsi, ma sembravano essersi volatilizzati. Guardò sotto la scrivania, carponi scrutò il pavimento infiltrando il proprio sguardo fin negli angoli più oscuri e reconditi al di sotto dei mobili, ma di quei maledetti biglietti nulla.

"Eppure devono essere qui, da qualche parte, su questa scrivania..." diceva a se stessa mentre le sue dita smuovevano i fogli dattiloscritti e tutto il resto del materiale che ingombrava il ripiano di lavoro.

Dannazione, questo imprevisto non ci voleva davvero. Più volte Flavio le aveva detto con sarcasmo: «Credo che i tuoi libri vengano sempre prima di me» e lei aveva deciso di andare a quel concerto, pur non amando quel genere di musica, per dimostrargli, invece, quanto lui fosse al di sopra di tutto.

I movimenti delle sue braccia sembravano ora essere divenuti gli automatismi stereotipati di un robot mal funzionante che ripete in maniera sincopata e afinalistica lo stesso gesto.

Il suono prepotente del citofono la fece sussultare ulteriormente. Andò a rispondere. Flavio le intimava: «Se non ti spicci non troveremo più i posti a sedere».

Lei sembrava sciogliersi nel suo stesso sudore, come una candela a cui un maldestro ceraio abbia messo una miccia al posto dello stoppino. Con voce tremolante rispose: «Ti prego, sali ad aiutarmi, non riesco a trovare i biglietti».

Gradini tre per volta e lui fu lì, al quarto piano, in un baleno.

«Che vuol dire?» le chiese arrabbiato mentre spingeva con violenza la porta. «Non sarà un'altra delle tue trovate?»

«Erano qui, sul tavolo, ti giuro, poi sono andata a prepararmi e quando sono tornata a prenderli non li ho più trovati.»

«La devi smettere di prendermi in giro! Io non sono un personaggio dei tuoi romanzi che puoi manovrare come più ti piace» sbraitò Flavio cercando nella libreria e tornando subito dopo a rovistare sul tavolo.

«Con tutta questa cartaccia che ti soffoca, certo che poi non riesci a trovare nulla...» sentenziava sbuffando. Poi, andando a cercarli nella stanza da letto di Albina, scivolò quasi sull'ultimo libro che lei aveva appena pubblicato, lacerandogli la copertina e alcune delle prime pagine.

«Dannazione ci sono libri dappertutto in questa casa» diceva divertendosi a farlo a pezzi sotto i piedi, ma d'un tratto perse di colpo l'equilibrio rovinando sul pavimento.

Imbelvito, con le iridi orlate di rosso e fiammeggiante per la collera, urlò rialzandosi da terra: «Questa volta hai superato tutti i limiti. L'ho capito! Hai dimenticato di comprarli! Ti sembra che sia un coglione? Se ti sei rotta di me, potevi dirmelo chiaramente.»

«Ti sbagli» replicò lei.

«Mi sbaglio? Basta, basta, fra noi tutto è finito! Non mi vedrai più. Io non mi ci asciugherei neanche il culo con quella tua cartaccia stampata». E soddisfatto per averla colpita nella maniera che, sapeva, le avrebbe fatto più male, si avvicinò alla porta.

«Flavio aspetta, aspetta, ne compreremo degli altri dai bagarini. Ho appena ricevuto i diritti d'autore, li ricomprerò, costino quel che costino...» lo supplicava sperando che abboccasse agli ami seduttivi delle sue parole.

«Ma va al diavolo!» le gridò mentre iniziava a scendere precipitosamente le scale.

Rimasta sola, Albina venne colta da un profondo smarrimento, prese il libro che lui aveva massacrato sotto i piedi e piangendo cercò di suturarne le lacerazioni con del nastro adesivo come se, attraverso quella riparazione, potesse lenire il dolore di quella perdita affettiva che la faceva ripiombare nel suo buio esistenziale.

Non riuscì a dormire per l'intera notte, ordinò per bene tutti i suoi libri negli scaffali e scrisse più che mai, assecondando la pulsione grafomanica che l'aveva spinta a cimentarsi nell'arena della scrittura.

Completò *Gouache*, il romanzo iniziato poco più di un mese prima, e scrisse la prima stesura di un racconto, epitaffio di quella sua inconsistente storia d'amore, che intitolò *Flavio*.

Solo alle cinque del mattino si distese sul letto e il vedere sul comodino le bozze di una raccolta di racconti, che di lì a poco avrebbe pubblicato, la tranquillizzò.

Dormì qualche ora. La mattina dopo, non appena sveglia, riprese il suo lavoro creativo. Doveva a tutti i costi iniziare il ventinovesimo romanzo, altrimenti non avrebbe rispettato i suoi tempi di marcia – cinque romanzi l'anno – deludendo i propri lettori, degna e irrinunciabile cornice della sua esaltazione narcisistica. Scrisse per un paio d'ore, poi, vedendo fuori una splendida giornata primaverile, pensò di fare una passeggiata.

La relazione con Flavio l'aveva isolata da tutto e da tutti; era ora di riprendere i contatti con il mondo. Indossò una gonna con delle vistose fioriture rosa e un golfino bianco. Il trillo del telefono la bloccò. Corse a rispondere, sperava che fosse Flavio ma, ahimè, era un tale che aveva sbagliato numero. Sbatté con rabbia la cornetta e si allontanò trascinando involontariamente il filo del telefono, alloggiato in una nicchia della grande libreria a parete dello studio. Ciò fece ruzzolare giù un pesante vocabolario di greco che la colpì con violenza sul piede.

"Mannaggia! Una volta che avevo deciso di avventurami a uscire mi faccio male alla caviglia" disse fra sé. Claudicava per il dolore mentre un venticello tiepido smuoveva le pagine dattiloscritte; e come animatesi d'improvviso, somigliando a delle graziose farfalle, le si posarono addosso quasi a voler suggere il nettare delle vistose fioriture stampate sulla sua gonna.

Albina accarezzò amorevolmente quei fogli la cui lettura la trattenne piacevolmente a casa per tutto il resto della mattina.

Nel pomeriggio la chiamò Costanza, una vecchia amica, che non sentiva da tempo. Non erano ancora trascorsi cinque minuti che il frastuono di una pila di libri caduti rovinosamente a terra le fece interrompere la telefonata.

Fu allora che Albina venne presa da un'angoscia arcana. Vide, come se fosse la prima volta, il suo piccolo appartamento stipato di libri e per un attimo le sembrò di esserne schiava.

Sorrideva a questo sciocco pensiero mentre ritelefonava a Costanza, concordando di uscire con lei e la sua comitiva quella sera.

In bagno dava un ultimo ritocco al trucco quando avvertì delle strane vibrazioni provenire dallo studio, come uno sbattere di ali e, riflessi nello specchio, scorse dei fogli che danzavano nell'aria.

"Il vento deve avere aperto la finestra" pensò e iniziò a raccogliere le pagine che le aderivano addosso. Quello strano sibilo nel frattempo aumentava d'intensità, suggerendole il convulso svolazzare di uno stormo d'oche sorprese dallo sparo di un cacciatore.

E quando entrò nello studio... venne assalita dal terrore. I fogli dattiloscritti roteavano vorticosamente nell'aria secondo orbite imperscrutabili mentre negli scaffali e sulla scrivania vedeva tutti i suoi libri scuotersi come se, attraverso le vibrazioni dei loro fogli, comunicassero fra loro.

Era ancora paralizzata dallo stupore quando un libretto si sollevò dal tavolo e la colpì alla schiena. Un risucchio vorticoso dell'aria le fece comprendere che avevano iniziato l'attacco. Stupita, incredula che le sue creature le si stessero rivoltando contro, corse in bagno per come le consentiva la caviglia slogata e intanto i libelli più sottili, ma anche più veloci, si accanivano sulla sua testa, sul suo corpo. Riuscì a chiudere la porta dietro di sé; uno strano ronzare nell'aria le fece però intendere che stavano preparando un altro attacco.

Li sentiva sbattere con violenza sulla porta, colpirla, irruenti, con le spesse rilegature delle loro copertine, scrollarla con i loro dorsi possenti.

Ma quando vide che alcuni fogli si erano infiltrati nel condotto del climatizzatore venne assalita dal panico. Salì su uno sgabello e cercò di tappare la griglia con un asciugamano bagnato; i pochi che erano riusciti a penetrare appartenevano alla sua opera prima, il romanzo che le aveva permesso di elevarsi al rango di scrittrice.

Si sentiva smarrita, completamente spiazzata ma, seppur con dolore, li appallottolò e li tuffò nel water. Poi scaricò l'acqua osservando attentamente che venissero del tutto ingoiati.

La porta continuava a vibrare, sussultava sotto i colpi di grossi dizionari kamikaze. Piccole lineature di cedimento nell'impiallacciatura angosciavano Albina e intanto la luce iniziò a tremolare per poi spegnersi del tutto. Lei, atterrita, si acquattò allora nella doccia sperando che tutto sarebbe finito al più presto.

Il suono del citofono le ridonò la speranza. Quei libri l'avrebbero finalmente smessa quando Costanza fosse salita a vedere perché lei non scendeva. Ma, dopo un altro squillo, il lungo silenzio che seguì non le lasciò dubbi: l'amica era andata via.

La porta aveva ormai ceduto; dalle fessure che andavano trasformandosi in squarci sempre più ampi penetravano, dapprima, i libri più sottili e poi gli altri. Ondeggiavano nell'aria tentando d'individuarla, stanarla. Cominciarono, quindi, a schiantarsi sui vetri della cabina della doccia.

"Se resto qui non ho scampo" pensò Albina trovando la forza e il coraggio di uscire dal suo rifugio. A tentoni riuscì a staccare la tavola del water utilizzandola come uno scudo protettivo mentre cercava di aprirsi un varco. Prese una lampadina tascabile dall'armadietto del bagno e la scena che videro i suoi occhi era quanto di più apocalittico lei avesse mai potuto immaginare. I libri erano in rivolta, si agitavano minacciosamente nell'aria, scompaginandosi aggressivamente a fisarmonica; volevano lei, la sua anima, solo in quel modo sarebbero stati realmente vivi.

Il raggio di luce della pila illuminava i macabri volumi che si sfogliavano, cercando avidamente d'inglobarla al loro interno; uno da terra cercava di risucchiarle un piede mentre altri, cessando il loro convulso sfarfallio, aderivano a ventosa alle sue braccia tentando d'incorporarle. Era agghiacciante, avevano una forza tremenda, arcana.

Albina vacillò e cadde a terra, mentre loro come un branco di fiere fameliche si accanivano su di lei.

Lo spigolo appuntito della copertina del suo secondo romanzo le squarciò il collo. Il tiepido, dolciastro sapore del sangue che le colava in gola le fece capire che era la fine. Sarebbe stata per sempre loro...

Un divano giallo

Li conobbi quando ormai avevo perso ogni speranza; i miei compagni andavano via un giorno dopo l'altro e io permanevo lì, attonito e in silenzio. Solo un borioso divano disegnato da un famoso stilista restava a farmi compagnia, ma lui non mi degnava di una parola, mi riteneva inferiore; su di lui tutti si accomodavano mentre io me ne rimanevo freddo e solo, in disparte. Avevo anche sentito dire che mi avrebbero rimandato in fabbrica per essere smontato. Un divano giallo di difficile collocazione!

Ma quella mattina ebbi la mia rivincita. Giorgio e Lisa mi notarono, sentii il calore del corpo di lui e le carezze della mano di lei sui miei braccioli e, quando tutto sembrava essere perduto, mi ritrovai a entrare nella vita di quella giovane coppia di promessi sposi.

Mi avevano accomodato nella loro camera proprio di fronte al letto facendomi partecipare a tutte le loro intimità. E fui proprio io ad accogliere il corpo fremente di lei sotto l'impeto passionale di quello di lui quando rientrarono a casa dal viaggio di nozze.

Erano sani, giovani e allegri! La mia vita insieme a loro si riempiva ogni giorno di sempre più nuove e colorate sfaccettature e anche quando Giorgio mi soffocava con i suoi vestiti e con i suoi odori intensi e muschiosi io ero contento lo stesso. Ero vivo.

Li avevo più volte sentiti discorrere che per un periodo non avrebbero voluto figli ma, dopo poco più di un anno, una notte la voce di Lisa mi svegliò mentre gli sussurrava: «Giorgio ti amo, ma c'è una sensazione di incompletezza... Ho bisogno di un figlio, un figlio tuo, nostro...».

Percepii il rumore dei baci di lui, i guizzi ritmati dei corpi congiunti, le loro voci deformate dal piacere che scemarono pian piano in un appagante silenzio.

Il mese seguente ascoltai la telefonata di Lisa per fissare un appuntamento con il ginecologo mentre scaricava la tensione nervosa delle gambe su di me, piacevolmente elettrizzato per la novità.

E quella sera giocarono di nuovo. Eccome se giocarono, e io ero orgoglioso di essere uno dei campi di battaglia della loro guerra d'amore.

Con il passare dei giorni Lisa sembrava inquieta, aveva dei malesseri, il pomeriggio si stendeva su di me, prona, e io percepivo che qualcosa cresceva dentro di lei. Due settimane dopo ne ebbi la conferma.

Non appena Giorgio entrò a casa, lei lo calamitò strillando: «C'è! C'è il cerchiolino! Guarda! Guarda Giorgio!»

«Ma allora sei incinta?» le chiese lui incredulo e lei abbassò gli occhi per assentire.

Giorgio poi la prese in braccio e sprofondarono su di me fantasticando sul futuro del loro piccolo. Diavolo com'era piacevole accogliere i loro corpi! Me ne inebriavo fino a stordirmi. E poi questa cosa mi riempiva d'orgoglio, tanto più che immaginavo che l'antipatico divano dello stilista se ne stesse in un freddo salone di rappresentanza. Uno zombie senz'anima.

Ma inaspettatamente la realtà soffiò nella sua cerbottana una punta avvelenata.

Con il passare dei giorni, Lisa, di tanto in tanto, lamentava dei dolori al basso ventre, trascorreva più tempo a casa, spesso distesa su di me.

Una sera, una fitta più forte la preoccupò al punto da farla piangere.

«Anche mia sorella Ornella ha avuto tanti disturbi durante i primi tre mesi di gravidanza...» la rassicurava Giorgio abbracciandola.

«Hai ragione, anche mia madre mi dice che, quando era in attesa di me, era emotivamente fragile...»

«Vedrai che il ginecologo ti confermerà quanto ti ho detto.»

Giorgio parlava sereno, convinto di ciò che diceva e tanto bastò a restituirle un sorriso fiducioso. Si baciarono e per una buona mezz'ora se ne stettero seduti su di me a fantasticare sul nuovo assetto della loro famiglia, mentre io pregustavo il piacere di avvolgere fra i cuscini il corpicino della nuova vita che presto avrebbe allietato le nostre giornate.

Lisa era solo un po' pallida il pomeriggio in cui venne a prenderla Ornella per accompagnarla dal ginecologo a fare la prima ecografia. Giorgio purtroppo era stato trattenuto al cantiere dove lavorava per un increscioso imprevisto.

Quando lui rientrò a casa si precipitò subito in camera immaginando di trovarvi Lisa, ma lei non c'era e dalla sua tensione capii che non aveva avuto alcuna notizia della visita. Qualche istante dopo squillò il telefono. Era Ornella.

Giorgio iniziò a parlare ad alta voce e dal suo corpo si emanava uno strano odore, un odore che non avevo mai percepito.

«Passami il medico!» disse lui perentorio alla sorella.

«Cosa? Ha ricoverato mia moglie per fare accertamenti?» lo sentivo chiedere concitatamente al ginecologo. «No, non è possibile! Come? Ma cosa diavolo è un corionepitelioma? Un tumore? Un tumore maligno? Lei sbaglia dottore, noi aspettiamo un figlio!» incalzava aggressivo.

Terminata la telefonata si accasciò su di me. Venni investito da un'ondata intensa di quell'odore che, quasi fosse una scarica elettrica, si spandeva in tutte le fibre del tessuto della tappezzeria sbiadendone il giallo e scompaginandone la trama e l'ordito. Un odore che non avrei mai voluto sentire. L'odore della paura.

Indice